Artiste ı.
le début de sa carrière à représenter en mots et en images les luttes et beautés du monde. Après un séjour au Honduras et des études à l'Université de Montréal, à l'Université Birzeit en Palestine et à l'Institut national de l'image et du son, l'auteure s'est fait connaître par ses nombreux films, très souvent primés dans des festivals, locaux et internationaux. Réalisatrice de *La déesse des mouches à feu* (2020), de *Inch'Allah* (2012) et du *Ring* (2007), elle travaille actuellement à l'adaptation cinématographique de *Chien blanc*, roman éponyme de Romain Gary. Nommée Artiste pour la Paix en 2012, elle est également cofondatrice du mouvement environnemental Les Mères au Front. Son dernier roman, *La femme qui fuit*, a été élu best-seller de la décennie 2010-2020.

JE VOUDRAIS QU'ON M'EFFACE

Dans un immeuble de logements du quartier Hochelaga-Maisonneuve se croisent sans se voir Roxane, Mélissa et Kevin. À douze ans, ils composent avec le monde dans lequel ils sont nés. Entre le coin des putes, les combats de lutte, les virées bien arrosées des adultes et la classe des « orthos », où on essaie de les intégrer, ils plongent dans leur imaginaire et tentent de sauver leur peau. Y arriveront-ils ?

Dans les scènes touchantes ou drôles de ce récit choral, l'écriture cinématographique épouse la langue blessée des acteurs. *Je voudrais qu'on m'efface* est un roman, vif et authentique, une chronique montréalaise qui culmine dans l'espoir inaltérable de l'enfance.

JE VOUDRAIS QU'ON M'EFFACE

DE LA MÊME AUTEURE

Embrasser Yasser Arafat, Marchand de feuilles, 2011.
La femme qui fuit, Marchand de feuilles, 2015.
Nos héroïnes : 40 portraits de femmes québécoises, illustré par Mathilde Cinq-Mars, Marchand de feuilles, 2018.

Anaïs Barbeau-Lavalette

Je voudrais qu'on m'efface

BIBLIOTHÈQUE QUÉBÉCOISE

BIBLIOTHÈQUE QUÉBÉCOISE (BQ) est une société d'édition administrée conjointement par les Éditions Hurtubise et Leméac Éditeur. BQ remercie le gouvernement du Canada, le Conseil des arts du Canada, la Société de développement des entreprises culturelles du Québec (SODEC) et le programme de crédit d'impôt pour l'édition de livres du Québec (Gestion SODEC) du soutien accordé à son programme de publication.

Canada

Couverture : affiche de la série *Je voudrais qu'on m'efface*
Réalisée par Eric Piccoli. Produite par Babel films et les producteurs Philippe-A. Allard, Marco Frascarelli, Eric Piccoli et Mathieu Paiement
Crédit photo : Priscillia Piccoli
Graphisme : Eric Piccoli
Les personnes sur la photo : Julie Perreault, Sarah-Maxine Racicot et Shawn Edmé

Typographie et montage : Luc Jacques typographe

ISBN 978-2-89406-475-7

Dépôt légal : 3e trimestre 2012
Bibliothèque et Archives nationales du Québec

Distribution/diffusion au Canada :
Distribution HMH

Distribution/diffusion en Europe :
DNM-Distribution du Nouveau Monde

IMPRIMÉ AU CANADA

À Geneviève, ma petite sœur.
À Gilles Julien.

Note de l'auteure

J'ai écrit les premières lignes de ce récit il y a longtemps, alors que je venais de rentrer corps et âme en collision avec Hochelaga. Avec ses enfants, surtout, que j'avais le vif besoin de raconter.

Les premiers textes nés de cette rencontre ont servi de genèse à mon long-métrage, *Le Ring*.

Puis sont arrivées d'autres trames, d'autres enfances, et *Je voudrais qu'on m'efface* a lentement pris forme, inspiré des petits battants du quartier.

Parce qu'ils jettent une nouvelle lumière sur le monde. Simplement. Et que, depuis eux, cette lumière-là me colle au corps.

Le Bloc est le plus haut de la rue. Y dépasse les autres maisons.
Du dernier étage, tu vois jusqu'à Notre-Dame.
C'est la seule affaire que Roxane aime de ce quartier-là. De sa chambre, elle peut voir loin.
Jusqu'au fleuve.
Jusqu'au bout du monde.

ОДИН (1)

ÇA FAIT PLUSIEURS VIES qu'y fait noir dans cette cage d'escalier là.

Y aurait des ampoules à changer, mais tout le monde se dit que l'autre va le faire pis tout l'monde finit par oublier qu'y fait noir.

Y a juste l'hiver qu'on s'en rappelle un petit peu, le temps d'attacher ses lacets pis d'essayer de pas tomber.

Roxane a toujours eu d'la misère à attacher ses lacets. Deux oreilles de lapins, qu'y disent. Ça ressemble pas à ça, des oreilles de lapin.

Anyway, un jour elle va avoir des bottes pis fuck off les lapins.

Roxane enfonce sa tuque sur sa tête.

Les pigeons roucoulent dans le plafond. Roxane arrête de bouger pour les écouter.

Si elle était plus grande, elle pourrait poser son œil entre deux planches pour les regarder. Y sont sûrement bien installés, y s'tiennent sûrement tout collés pour pas geler. Le papa, la maman pis les bébés, tout collés.

— Salut!

La petite voix de Kevin, son voisin du 62. Quand y parle, y catapulte ses mots. On dirait qu'y vont trop vite pour lui, qu'y sortent de sa bouche pis qu'y partent à la course. Lui aussi, y est comme ça. Y s'contient pas.

Là, y essaye de rentrer sa clé dans la serrure, mais y est tellement énervé qu'a s'en va partout sauf dans l'trou. Roxane le regarde faire. Ça y est, ça rentre.

— Bye!

Y dévale les marches.

Sûr qu'y s'en va à la lutte. Depuis que sa mère a sacré son camp, y va là plus souvent. Son père s'appelle Big, y gagne toutes les games. Kevin aussi y veut faire comme son père. Gagner.

Roxane tient la rampe pour pas tomber. Elle descend doucement en regardant ses pieds.

À l'étage d'en dessous, la porte du 58 s'ouvre brusquement sur Mélissa. Son toupet lui couvre les yeux. On dirait qu'elle aimerait mieux rester cachée. Le toupet, c'est son compromis: j'y vas, mais vous m'verrez pas la face.

C'est aujourd'hui le jour du jugement.

—

Mélissa.

Une salle d'audience quasiment vide. Les murs beiges, les bancs bruns. Dans l'air des chuchotements sans mot. Un fond sonore sans substance, sans personnalité. On dirait que tout le monde a travaillé pour que ça ait l'air mort. On a laissé la vie dehors en attendant que ça passe: ici, c'était trop tough pour elle.

Mélissa derrière son toupet promène ses yeux sur les quelques visages venus assister au jugement. Elle les connaît pas. Y en a pas un auquel elle peut s'agripper, même juste des yeux, même à travers ses cheveux. Y aurait eu sa mère. Mais est assise à l'autre bout.

Maganée. Encore plus maigre que la dernière fois. Dopée jusqu'aux tripes.

Elle reste assise de l'autre côté de la salle d'audience, le dos courbé, recroquevillée. Tout son corps dit «faites-moi pas ça». Mais y a seulement Mélissa qui l'entend. Même si elle est loin. Elle l'entend. Parce que même courbée, même fuckée jusqu'à la moelle, Meg, c'est sa mère. C'est ça que tout le monde ici a d'la misère a comprendre. Meg, c'est sa mère anyway.

C'est sans doute juste trop simple.

Mélissa sait qu'y ont placé Meg à l'autre bout exprès pour qu'elle puisse pas l'attraper, la pogner du regard, la coller sur elle, fort.

Mélissa à une extrémité, Meg à l'autre. Une fille, une mère.

Quelques visages blasés qui s'enfilent les jugements comme un mauvais téléroman.

Une juge fatiguée décide en trois phrases qu'elles ne se verront plus.

— Madame, vous devrez dorénavant respecter une limite de cinquante mètres entre vous et votre fille, et ce, jusqu'à preuve de réhabilitation.

D'autres mots vides s'enchaînent au collier pendant que Meg et Mélissa s'évaporent encore un peu plus.

—

Kevin.

Un sous-sol d'église. Éclairage flamboyant, éclairs stroboscopiques, musique heavy metal.

Derrière la fumée, une foule abîmée. Des enfants, des adultes, au comble de l'excitation.

«LET'S GO BIG! TUE-LÉ! TUE-LÉ!»

Au milieu de l'espace, un ring. Face à face deux lutteurs, vêtus de couleurs vives, le visage déformé par les grimaces et le maquillage.

Dans la foule, Kevin, les yeux braqués sur le match.

Plus petit que les autres, y se fait bousculer mais reste rivé au ring, envoûté.

Y mordille ses lèvres nerveusement.

Le plus gros des deux lutteurs envoie son adversaire rebondir dans les cordes, l'attrape, le pousse au sol, saute dessus, la foule s'époumone, ding ding ding, Big est déclaré winner, l'autre gît K.-O. sur les planches.

Kevin saute de joie. « Yesssssss ! »

Le winner, cape rouge au dos, salue victorieusement la foule. Brille sous la lumière blanche.

— BIG ! BIG ! BIG !

Kevin scande avec la foule : BIG ! BIG ! BIG !

Son père a encore gagné. Quand son père gagne, Kevin gagne aussi.

Roxane.

Débarque au métro Georges-Vanier. L'Armée du Salut est juste de l'autre bord de la rue. Est allée plusieurs fois, elle connaît tout le monde là-bas. Les gars l'aiment bien. Y disent que Marc est chanceux d'avoir une fille de même.

« T'es chanceux, Marc. C'est rare une fille de même. »

Roxane vient souvent. Pas seulement parce que c'est la seule place au monde où elle est rare. Aussi parce que ça va faire quelques mois que son père est là. Là, y a fini. Ce soir, y reçoit sa plaque. Ça veut dire qu'y a gagné. Y va rester là pareil le temps d'trouver une job pis d'être sûr de pas craquer, mais y a fini, y a gagné, y a fait toutes les étapes : y boira pu.

C'est la quatrième fois qu'y cuve. Les autres fois y a rechuté, y a fait des erreurs. Mais là, cette fois, c'est la bonne.

Roxane traverse le mur de fumeurs à l'entrée. « Salut Louis. Salut Pascal. Salut Charles. » Elle entre en dedans. Elle se sent bien ici. Tout le monde lui parle. Tout le monde trouve que c'est la meilleure fille du monde.

Son père est au fond de la salle, dans un coin. L'air nerveux.

La salle est toute décorée, avec des guirlandes pis des lumières. À l'entrée, y donnent du Coke pis du café gratuit. Noël approche.

Son père s'est mis beau. Une chemise bleue qu'y a rentrée dans son pantalon. Y a tiré ses cheveux blancs par en arrière. Y a l'air fatigué, le visage craqué.

De l'autre bout de la salle, y la voit. Va vers elle. Avec des pas très grands, mais fragiles. Comme s'y pouvait tomber de ses pas.

Elle est ce qu'il lui reste. On marche pas pareil quand on marche vers la seule chose qu'il nous reste. Il la rejoint enfin, comme s'il avait atteint l'autre bord du monde.

— Allô.

— Allô, p'pa.

Autour d'eux, d'autres. Des guerriers. Certains en fin de bataille, fiers et fébriles. D'autres encore à leurs premières armes, un halo d'alcool en guise de bouclier.

Roxane prend la grande main de son père dans la sienne. Ils vont s'asseoir sur un des nombreux bancs alignés. Devant la salle, un micro et un sapin décoré par les gars. Quelques lumières de Noël qui clignotent timidement.

Un homme prend le micro. Long et pâle, il a le panache d'un sous-sol en hiver. Sa voix résonne dans l'espace :

— À soir, on va récompenser des gagnants. Des grands gagnants. Pour les nouveaux qui sont dans la salle, pour ceux qui trouvent ça dur, pis qui pensent qui y arriveront pas, dites-vous qu'les douze gars qu'vous allez voir y s'disaient pareil en rentrant ici.

Du coin de l'œil, Roxane regarde son père. Son visage vieilli. Son regard vert perdu dans les chemins creux de son visage. Se retourne vers elle. Étire un reste de sourire.

Gueule fatiguée du rescapé. Elle l'enlace.

Elle l'aime de tellement loin.

Elle voudrait le sauver une fois pour toutes.

Dans la salle, y fait chaud en chien. Pourtant c'est l'hiver. Y a quelque chose ici. Un condensé d'humanité. Des gars, des hommes à vif.

— Notre prochain gagnant c't'un old-timer… Ça fait plusieurs fois qu'y tombe. Mais là, y se relève en force… Marc, viens en avant.

Fébrile, Marc se lève.

— J'demanderais à sa fille Roxane de venir lui remettre son diplôme.

Debout devant le micro trop petit. Une armoire à glace, un gars qu'on imagine tenir serrée la tête d'une Harley, cuiré pis tatoué d'partout.

Mais là, y s'tient devant les gars, tout petit au milieu de ses épaules. Y shake.

L'émotion. Y prend son temps parce que si y'ouvre la bouche trop vite y va pleurer trop fort.

Alors, il se racle la gorge.

Puis, ravalant ses larmes, Marc raconte la fin du monde que toute la salle connaît, pis le trou d'cul qu'tu deviens dans la fin de c'te monde-là. Quand ton ancre c't'une crisse de bouteille brune. Quand tout c'que t'es se contient dans une couple de gorgées pis qu'ton dernier souffle est roté. Comment ça semble impossible de se relever. Comment t'es vidé, comment tu t'es tout' calé toi-même. Avalé c'qui restait de fierté. Noyé.

Marc tient son micro serré dans ses mains mouillées. Y a tellement plus de carapace, y est juste tellement vrai que ça fait presque mal.

Dans un souffle pour arriver au bout, y effleure l'enfer, puis les appels de sa fille – il la regarde – les appels de sa fille à coups de «lâche pas, papa», les soirs où y a pogné la vie par les cheveux pis qu'y lui a braillé les rêves qui lui restent. Sa Gaspésie natale, cette maison de bois là – là, au bout d'une falaise qui tombe sur la mer, une maison qui serait à lui. Petite, pas besoin d'être grande, mais sur la mer. Pis parkée devant, une moto. Pour flyer sur les belles routes de campagne. Libre. Avec le vent dans la face pis sa fille dans le dos ben accrochée.

Les rêves en bouée de sauvetage. Pourvu qu'y soient plus solides que lui.

Roxane lui remet son diplôme. Elle avait préparé des mots pour lui dire au micro, mais y existent plus. Elle a juste envie d'être sa fille, fière de lui. Elle le prend dans ses bras. Elle se sent si forte, lui si petit.

La famille de battants applaudit dans la salle.

Les portes sont ouvertes sur l'hiver. Il fait tempête des deux bords.

—

À quelques rues de là, les lumières se sont rallumées dans le sous-sol de l'église : le match est fini. Néons blafards sur les visages creusés. La réalité a repris sa place. Une file coupe l'espace en deux. Des mamans grasses, le bébé accroché au cou ; des vieux cassés en mille, la bière à la main ; des jeunes surexcités et des filles en bedaine : tous attendent leur tour.

Un par un, ils montent sur le ring et posent avec Big.

Les plus petits s'enroulent dans sa cape. Big les prend par la gorge comme un méchant. « Tue-moé ! Tue moé ! » Clic. The Master prend un polaroïd et, pour cinq dollars, le petit repart avec la photo qu'il accrochera sur son mur. « C'est la fois où Big a failli m'tuer ! »

C'est au tour de Kevin. Y saute sur le ring, se colle à Big, qui le ramasse d'une bine affectueuse. Kevin manque de tomber, se redresse, pose sérieusement, tirant un bout de cape sur ses épaules.

The Master prend une photo et la tend à Kevin.

— T'es accro, mon Kev ! T'en as déjà une vingtaine !

— Pas grave.

—

Roxane et Marc sont assis côte à côte sur leur banc. Tous les diplômes ont été remis. Maintenant, on boit du café en essayant de se persuader que ça va durer. Aux gagnants de la soirée se mêlent les nouveaux, courbés, frêles, punchés de l'intérieur, peinant à se relever. Dans un an, ce sera leur soirée à eux, pour ceux qui s'y rendront.

Les gars parlent et rient, la nappe d'émotion se dissipe peu à peu.

Roxane sort de son sac un paquet tout usé de Du Maurier :

— D'la part de m'man.

Marc saisit le vieux paquet, le même que d'habitude. Dedans : douze smokes roulées à la machine.

— Merci.

Roxane fouille encore dans son sac.

— J't'ai amené un cadeau.

Elle sort un objet difforme, emballé maladroitement dans du papier de soie jaune.

— C'est quoi ?

— Ouvre.

Les gros doigts de Marc touchent le papier de soie. C'est beau, emballer un cadeau. Préserver une surprise. Coller les coins pour que ça tienne, pour que la surprise s'éternise. Marc prolonge le moment, ému. Ses doigts rugueux se promènent doucement sur le papier fragile, comme une première rencontre. Roxane le regarderait faire toute sa vie.

Le triangle blanc d'une voile se déploie dans sa main.

— Un bateau ! C'est beau...

— Pour te rappeler la Gaspésie.

— ... Merci. Merci, ma belle... J'oublierai pas. J'oublierai pas, promis.

Il la serre dans ses bras forts.

Faut qu'tu t'rappelles de tes rêves pour pas t'noyer dedans.

—

Il fait noir. Il neige. Le métro va bientôt fermer. Dans le hall d'entrée de l'Armée du Salut, le son électrique des néons.

Roxane a remis son habit de neige. Marc, d'un geste maladroit, lui ajuste son foulard. Il aurait tellement aimé être un père. Un vrai.

Des fois y arrive à se dire qu'y est peut-être pas trop tard.

— Salut, ma puce.

— Bye, p'pa.

— Rentre bien, là. Pis fais attention à toi.

Y lui dit une phrase de père, parce qu'y peut pas le faire souvent. Ça résonne un peu faux dans le hall d'entrée écho mais ça fait juste du bien à dire.

— Toi aussi, p'pa, fais attention à toi.

— J'suis fier de toi...

Cette phrase-là sonne vrai. C'est du pur.

— Moi aussi, p'pa, j'suis fière de toi...

Marc la serre dans ses bras, encore.

Roxane garde le visage enfoui dans le cou de son père, sous ses cheveux. L'odeur chaude des jours passés sans elle, c'est là qu'elle s'accumule.

—

Silence noir dans le Bloc. C'est la nuit. Même les pigeons se sont tus. Le bois des escaliers seulement s'étire, voguant en écho d'un mur à l'autre. Un mince filet de vent glisse entre les fenêtres, cherchant refuge entre les étages, se faufilant sous les portes.

Un homme interrompt soudain la nuit et dévale les marches, une valise à la main.

Longue silhouette évanescente. Fuyante.

Mélissa sort en trombe, lui crie après :

— Où tu vas?

L'homme est déjà dehors.

Mélissa crie plus fort.

— Où tu vas?

L'homme est déjà parti et la voix de Mélissa se cogne sur les murs.

En pyjama dans la cage d'escalier, Mélissa ne pleure pas.

Son beau-père est parti. Sa mère aussi. Elle pensait que si on aimait Meg, on l'aimait un peu elle aussi. Comme un prolongement de sa mère. Trop petit sans doute. Et trop laid.

Meg est partie et son chum aussi.

Figée dans le noir, Mélissa s'installe dans le vide. Si elle pouvait laisser sa tête là, elle le ferait.

La porte d'en bas s'ouvre à nouveau. Le vent en profite. Enveloppe Mélissa qui ne bouge pas.

Le bruit sourd de pas chargés dans les marches. Roxane en habit de neige monte, s'arrête devant elle.

Les deux filles se regardent. «Sauve-moi», se disent-elles en silence.

Mélissa s'arrache aux yeux bleus de Roxane et rentre chez elle.

два (2)

Petit matin. Dans l'appartement 61 du Bloc, Roxane ouvre les yeux sur le cadran. Fuck. Se lève d'une traite. Elle l'a pas réveillée. Elle va rater l'autobus. Elle va rater l'école. Elle va rater sa vie.

Vite.

Ramasse le linge qui traîne par terre. Chandail jaune, jeans noir, deux bas. Pas pareils pas grave.

Vite.

Cuisine. Ouvre le frigo, cherche du regard… Referme le frigo.

La chambre de sa mère, un filet de lumière passe sous la porte.

— Maman?

Louise, endormie, fronce les sourcils, remonte la couverte sur ses yeux. Crisse de mal de tête. Intense.

Dormir encore.

Roxane ouvre les rideaux, laisse entrer un rayon de jour sur la pièce grise.

Louise s'enterre sous ses couvertes.

Essaie d'émerger. Pas capable.

Il reste des vagues de fumée d'hier dans l'air. Des bouts de soleil se prennent dedans. Roxane aussi, un court moment.

Des bouteilles de bière partout par terre. Elle compte du regard, vite. Onze.

Sa mère se lèvera pas. Passé huit bières, elle se lève plus.

Roxane ramasse quelques bouteilles vides, les fourre dans son sac et sort de la chambre.

Sous sa couette, Louise tient sa tête dans ses mains.

—

Dans l'appartement 64 du Bloc, Mélissa ouvre les yeux sur sa tapisserie de petite fille. La même princesse trop maigre dans sa robe mauve trop longue qui sourit délavé à un petit faon insignifiant. Leur triste duo s'enchaîne à répétition jusqu'au plafond. À six endroits dans la petite chambre, la princesse est coupée en deux, ça lui fait quatre yeux. Ça lui va quasiment mieux.

Ce soir, Mélissa déménage dans la chambre de sa mère. Parce qu'elle reviendra pas, reviendra plus. Elle a choisi la rue. Mélissa prie pour que l'hiver soit frette à mort. À mort.

Mélissa a douze ans, pis à partir de maintenant faut qu'a kicke la petite fille. Faut qu'a la batte, faut qu'a la tue. Faut qu'a soit plus adulte que les adultes, pis est capable en crisse.

Hier, le beau-père a sacré son camp. Pouvait pu fourrer, y est parti.

Parfait comme ça. Pas besoin d'lui ici.

Mélissa a douze ans pis est capable en crisse. Mieux que personne, même.

Elle se lève. Les gars sont déjà debout dans la cuisine, branchés sur la PlayStation. Y absorbent la lumière plate de l'écran, leurs yeux sont des pailles pis leur soif a pas de fin.

Mélissa se sent grande. Elle débranche la télévision, assèche ses petits frères qui se mettent à crier : « C'est pas juste ! » Mélissa met la musique dans le tapis. *Fifty Cents* au max, pis fuck les voisins. Fuck ses petits frères. Fuck son beau-père. Fuck sa mère. Un peu.

Les petits continuent à gueuler, mais en dessous de la musique ça s'entend moins.

Mélissa s'habille, y font pareil.

— Let's go.

Elle ramasse ses affaires, leurs affaires, éteint la lumière.

Dehors, le vent froid.

Elle respire.

—

Steve se réveille devant la télé, des traces de maquillage séché dans la face. La cape au cou, le mégot scotché dans la gueule. Y a crashé direct après l'match, trop fatigué.

Kevin dort encore. À matin, des filles en rose font leur stretching. « Et un, et deux, allez ! »

Steve attrape la manette. POWER. Bye, les girls. Have fun.

Coin de comptoir. Un café. Une cigarette. Tic-tac de l'horloge. Deux cigarettes. La basse de *Fifty Cents* fait trembler le mur pis shaker les petites figurines en porcelaine du Dolorama. Restes de sa femme. Quant à lui, elles peuvent ben éclater…

Steve tasse le cendrier. Pose un verre de jus d'orange sur la table, une boîte de pilules à côté.

Il s'étire le dos et va réveiller son gars.

Une chambre bleue. Tapisserie Star Wars. Par terre, un étalage de films d'horreur. Sur les murs, des dessins de lutteurs. Dans les bras de Kevin endormi, Spiderman, Batman et Wolverine en peluche. Trois coups sur la porte.

— Debout', Kev!

Un temps.

Steve entre, brasse les couvertes.

— Envoye, j'm'en vas, moi.

Il sort. Clac de porte. Il est parti.

Kevin se lève, ouvre l'ordi, s'étire, va pisser.

Sur le coin du comptoir il boit son jus et avale son Ritalin. Les yeux collés, il retourne dans sa chambre et prend son gun.

Tout en enfilant ses vêtements, Kevin tue des méchants.

Le soleil est debout sur la rue Ontario qui commence à s'animer.

Meg a les yeux qui piquent, les pieds qui chauffent. Est crevée.

Le monde s'en va travailler, elle, a fini.

Elle marche à contresens sur Ontario, fonce dans un monsieur qui l'haït pour deux secondes et l'oublie aussitôt. D'habitude, on l'aime un peu avant d'la crisser là. Ça fait changement.

Elle compte son cash en marchant. Une dizaine de clients. C't'une bonne nuit.

Les vitrines s'enchaînent. Les lits blancs aux couvertures épaisses, les aquariums secs avec leurs plantes de plastique, la buanderie et ses laveuses endormies où se chercheront les esseulés pour compléter leurs paires de bas dépareillées. À cette heure-là, les magasins ont pas d'identité. Vides, ils sont en attente. Un cadre immobile au repos avant de redevenir utile. Comme Meg le matin.

Meg aime ce petit bout de journée là où elle cesse d'être une invitation.

La neige crisse sous ses talons, adoucissant le poids de ses pas. Le vent souffle dans son dos. Y est de son bord. Ça fait du bien.

Au détour d'une ruelle anonyme, Meg rentre dans sa chambre. Sa grotte.

Fait froid. Elle se déshabille sous les couvertes, se recroqueville. Soupir.

Ses grands yeux maquillés meurent pour la journée.

—

— Come on, les gars. On va être full en retard!

Les petits s'arrêtent à tous les balcons décorés. À chaque matin, Mélissa les amène sur une rue différente. Aujourd'hui, c'est la rue Davidson. À date, c'est la best : quasiment toutes les maisons sont décorées.

Y a des lumières de Noël qui montent haut, enroulées autour des escaliers, pis qui clignotent tout du long. C'est beau.

Au coin de la rue Adam, y a un gros père Noël gonflé qui grouille, soufflé par en dedans. Y se penche d'un coup sec en avant, pis d'un coup sec en arrière, le dos tout cassé. Pis y recommence. Les petits trouvent ça drôle, on dirait qu'le père Noël va renvoyer.

Ça fait couic couic quand on marche. La neige est vivante et crie sous chaque pas. Couic couic vite d'un balcon à l'autre. Le vent sonne froid lui avec, y vient de s'échapper de sa bouteille, y se sauve en riant parce qu'y a pas personne de plus libre que lui.

Y en a qui sont tellement jaloux de ce vent-là qu'y s'tuent. C'est pour ça que les gens meurent plus l'hiver.

— 'tention !

Le gars du dépanneur qui zigzague en bicycle avec ses caisses de bières vides. A failli leur rentrer dedans.

— Hey, le père Noël ! Où s't'as pris ton permis, hostie ? que Mélissa lui lance.

Parce que maintenant, c'est elle qui protège ses petits frères.

On approche des putes sur le coin de la rue. Y en reste toujours deux-trois, même à cette heure-là. Doivent ben geler, les orteils tassés dans leurs souliers pointus. Mélissa a même pas pitié. Elle prend la main des petits en même temps qu'un grand respir. Elle passe devant elles. Regarde sans regarder. Si sa mère était là, tout de suite elle la reconnaîtrait. Même sans regarder, elle la reconnaîtrait. Même si elle se cachait, elle la reconnaîtrait. C't'une affaire pas de mot, ça. C't'une affaire qui s'explique pas. Mélissa, de près ou de loin, aveugle ou morte, si sa mère est proche, elle la sent dans son corps. Pis ce matin est pas là.

Mélissa, plus légère, marche vers l'école sans parler.

Toute droite sur le balcon du Bloc, Roxane attend. Elle aime mieux être dehors que dedans, même s'y fait froid. Elle avale l'air et essaie de faire des ronds avec la buée d'hiver qui sort de sa bouche. Ça marche.

Dans la rue, le voisin déneige sa voiture avec son balai de paille.

L'autobus jaune avance au bout de la rue.

Roxane le prend même si elle a plus l'âge. Sa mère, la travailleuse sociale, l'école, le président, c'est tout le monde qui a décidé ça pour elle.

Elle pourrait marcher, elle leur a dit. « C't'à côté, j'pourrais marcher. »

Elle pourrait prendre l'autobus normal, aussi. Mais y veulent pas. Y ont peur.

Pis en plus, l'autobus jaune est gratis pour les débiles... Si c'est gratis...

— S'cuse !

Kevin l'accroche en courant pis s'garroche dans' rue. Y court jusqu'au bout pis disparaît au coin.

L'autobus jaune arrête devant Roxane. Sur son balcon, elle regarde ailleurs, comme si c'était pas pour elle qu'y venait, l'autobus. « Moi ? C'est moi que vous venez chercher ? » Comme s'y se trompait de fille. Elle joue pas longtemps parce que, très vite, l'autobus klaxonne.

Elle descend les marches. Une, deux, trois. Monte les autres. Une, deux, trois. La madame lui dit le même bonjour que tous les autres jours et Roxane lui répond pas.

Elle s'enfonce dans l'autobus qui est tellement long. Le traverse comme un corridor d'hôpital sous les néons. Elle veut pas les voir, les autres débiles. Sont laids. Elle s'assoit à côté d'un gars dans une chaise roulante. Y est tout' strappé, tout' pogné pour pas rouler quand on prend un tournant. Y sont tout' fous, dans l'autobus. Y savent pas parler ou y peuvent pas marcher. Y bavent. Y puent.

L'autobus roule dans Hochelaga pis ramasse les résidus.

Roxane regarde dehors. Est pas débile, elle. Est pas pareille, mais est pas débile.

M.S.A. Mésadaptée-Socio-Affective. C'est ça son étiquette.

Y ont pas dit si ça se soignait, ni si c'était contagieux.

L'autobus freine devant l'école. Elle sort, vite. Toujours la première.

Elle traverse la rue vers le dépanneur.

—

Devant le comptoir du dépanneur, des hommes et des femmes, recroquevillés sur eux-mêmes pour pas voir trop loin. Le chèque est rentré : y font la file pour gratter le million. En se dépliant un peu y voient bien qu'y a rien à gagner là. Mais juste pour le petit instant avant le résultat, celui où y s'inventent une autre vie quelque part au soleil ou ailleurs dans des bras amoureux, juste pour la saveur de ce petit temps-là avant le « Meilleure chance la prochaine fois ! », y font la file, y payent pis y grattent leur brèche de possible dans la sloche du quotidien.

Roxane sort ses bières vides de son sac, les pose sur le comptoir du Chinois qui compte du regard : « 90 cents », qu'y lui dit.

Roxane prend un May West. Son regard croise celui de Mélissa, sa voisine, avec ses p'tits frères morveux collés au cul, le nez plongé dans leur paquet de chips comme dans un terrier salé. S'y pouvaient s'y cacher au complet, y iraient. Roxane regarde Mélissa derrière son toupet trop long et pense qu'elle, c'est pas mieux, parce que sa mère c't'une pute.

— Salut.

— Salut.

Roxane échange ses bières vides contre un May West et, pendant deux secondes, se trouve chanceuse.

La cloche a sonné. Kevin est en rang dans la cour d'école. Tous les autres ont au moins deux têtes de plus que lui. Y donnerait sa PlayStation pour continuer de grandir un peu, surtout quand y est dans le rang. Fait froid mais les profs les laissent bretter comme ça dans la cour avant de rentrer pour qu'y soient en ordre, pour qu'y soient bien rangés.

Kevin mange une claque derrière la tête. Y se retourne. Ça pouffe de rire dans l'rang. Kevin renfonce sa tuque, se revire de bord une autre fois en essayant de voir qui l'a frappé. Se mordille les lèvres. Reçoit une deuxième claque. Plus forte, celle-là. Y s'mord les lèvres, ouch ouch ouch dans sa tête. Les larmes montent. Braille pas hostie d'fif. Kevin se retourne pas cette fois-là, espère profondément que le rang avance avance avance… Sa tuque revole à l'autre bout, on dirait que tout le monde rit, que tout le monde est crampé. « Envoye ! Va chercher ton chapeau, l'ortho ! » « Tu bouges pu ? » « T'as passé ta pilule par le mauvais trou ? » Ça rit tellement fort. Kevin remonte le rang, le regard fixé aussi loin qu'y peut. Sa lèvre saigne, y retient ses larmes – le rang est long, infini. Tout au bout, une main lui tend sa tuque. C'est Roxane, celle qui parle toute seule. Y lui arrache des mains et se l'enfonce sur la tête. C'est là qu'on se décide à faire bouger le rang.

—

Dans le corridor, Roxane marche à contre-courant. Comme dans la vie. Tout le monde avance vers sa classe, pressé dans le sens contraire. Elle se faufile vers la bibliothèque à l'autre bout du corridor. À son bureau, madame Bilodeau lève à peine la tête, faisant semblant de lire le dictionnaire. Madame Bilodeau stagne à la lettre A parce qu'elle rêve d'Amour.

— Salut, Roxane.

À tous les matins, Roxane passe par la bibliothèque. Elle sait que derrière son dictionnaire, madame Bilodeau cache son roman Harlequin. « Parce que dans ces pages-là, tout est encore possible », a-t-elle un jour expliqué, émue, à Roxane.

Comme la directrice n'est pas romantique, madame Bilodeau fait semblant de lire le dictionnaire pendant les heures de pointe.

— Salut, madame Bilodeau.

Roxane passe devant elle, se dirige vers la rangée, sa rangée. Celle où c'est écrit : « Monde ». Là, elle fait plusieurs allers-retours en laissant glisser son index sur le dos des livres qui dépassent. Elle aime ce son-là. Un son doux comme une caresse. Elle s'arrête finalement aux R.

R comme Russie.

Elle les a tous regardés les livres sur la Russie. Plus qu'une fois même. Cette fois-ci, elle choisit le grand livre rouge. Les photos sont en couleurs pis y a du vocabulaire en russe à la fin. Elle connaît déjà quelques mots. *Snieg,* ça veut dire neige, *ablaka,* ça veut dire nuages, *zima* ça veut dire hiver, *louna,* ça…

La deuxième cloche sonne, c'est le temps d'aller en classe.

Roxane colle le livre rouge contre elle et se dirige vers le comptoir.

Madame Bilodeau enregistre le livre, étampe la carte : « Pour dans deux semaines », qu'elle lui dit.

Le regard de Roxane glisse sur les pages jaunies du livre d'amour, mal caché sous le dictionnaire. À chacun ses voyages. Roxane met son livre dans son sac et sort de la bibliothèque.

— Hey la débile, t'es pas au bon étage !

Rires.

La bibliothèque est sur l'étage des classes normales. Eux autres, y savent lire. Roxane redescend vers sa classe, à l'étage du dessous. Jusqu'à la sixième année des fuckés.

—

Aujourd'hui, on fabrique une crèche en pâte à modeler.

C'est Kevin qui distribue des images de la famille de Jésus, avec les moutons, l'âne gris pis le reste de la gang.

Sur son bureau, Mélissa sort Marie du lot. Elle est toute en blanc. Ses mains sont longues et croisées.

— Moi, je veux faire elle.

— Moi aussi.

Mélissa et Roxane fouillent dans les pots de pâte à modeler.

— Y a pas d'blanc…

— Fuck… Y a pas d'blanc.

— Madame ! Y a pas d'blanc pour la Sainte Vierge !

— Ben, choisissez une autre couleur, les filles.

Elles choisissent le rouge. La pâte à modeler sent le punch aux fruits.

Roxane fabrique une tête, Mélissa un corps.

— Faut lui faire des seins.

— Oui, des gros seins !

Chacune roule une boule dans le creux de sa main. La boule de Mélissa est plus grosse que celle de Roxane, alors Roxane ajoute un peu de pâte à modeler pour que Marie ait deux seins pareils. Mélissa les colle au-dessus du ventre et leur ajoute un mamelon au citron.

Roxane lui fabrique un voile jaune pendant que Mélissa s'applique à lui tracer une longue craque de fesses. Voilà. Les filles regardent leur œuvre. Ça donne comme une mini bonne femme de neige avec des gros seins au punch aux fruits pis des mamelons au citron.

Les filles ont le goût de manger Marie qui sent trop bon. Mélissa croque sa tête. Roxane, surprise, part à rire et croque ses jambes. Marie cul-de-jatte et décapitée : les filles sont crampées raide. De la pâte à modeler plein les dents, elles se font envoyer dans le corridor.

—

Louise s'est levée, s'est installée devant la télé. Y a des filles qui cuisinent. Une affaire à la viande, avec des abricots. En robe de chambre, Louise roule des smokes à la chaîne pendant qu'elles roulent de la pâte à tarte en parlant de la recrudescence du tourisme à Cuba. Les yeux dans le vide, les doigts sur la rouleuse. Mal de bloc, câlisse. Elle prend une gorgée de Coke.

«On dispose les abricots dans les trous.»

Elle s'allume une smoke.

Louise, seule et petite dans le salon blanc sale. Dans ses pieds ses vieilles pantoufles Fred Caillou. Elle renifle.

«Puis on râpe finement la muscade.»

10 h 20. L'heure de la récré. Louise pense à Roxane… A doit jouer dehors. Avec ses amis. Peut-être. Dehors avec ses amis.

Louise éteint sa smoke, tire une couverte sur elle et se couche sur le divan en petite boule. Pendant un moment elle essaie de se rappeler du rire de sa fille. De son éclat précis. Juste à lui.

«On place la tourtière dans le four à 350° et…» Ta gueule. Elle éteint la télé.

Ferme les yeux. Les mains sur la tête elle s'endort.

—

Kathy et Kelly.

Un corps enroulé dans du tissu derrière l'hiver.

— J'aimerais quasiment ça être une tourtière!

Une voix rauque, amusée, cachée sous d'épaisses couches de vêtements.

Un carré de carton déposé devant un pawnshop. Derrière la vitrine, trônant au milieu d'autres objets soldés, un étalage de télévisions repose en équilibre précaire. Sur tous les écrans, une tourtière cuit au four.

— Hey, Kelly. T'as-tu compris? J'aimerais quasiment ça être une tourtière! Tchèque ça, si a l'air ben au chaud!

Kelly sur le coin de la rue guette les chars comme un chat à l'affût, le squeegee à la main et les griffes sorties.

Autour de Kathy, les chiens somnolent, engourdis. Kathy secoue le bock froid et vide : pas fait une cenne à matin. Pourtant, quand y fait froid…

Elle lève les yeux sur les tourtières derrière la vitrine du pawnshop. Oublie le cadre, sent presque l'odeur cannellée émanant des télés, la croûte rôtie par le beurre grillé, les petits carrés de patates mouillés pis la viande hachée encore un peu rose…

Kelly rejoint Kathy sur le carré de carton, les deux formes ne deviennent qu'une, les chiens se glissent avec elles sous les couvertes. Kathy et Kelly se lovent dans les bras l'une de l'autre, deviennent plus riches que les riches.

De l'autre côté de la rue, on ne voit qu'un tas de tissus devant les quinze cuisines roses de madame Taillefer. Par terre, un bock de métal, vide.

Dehors, il tombe des flocons gras. Roxane est assise au fond de la classe et regarde par la fenêtre. La prof est en train de calmer une crise en avant. Le p'tit gars est à terre, pis y gueule, y grouille dans tous les sens. « Calme-toi, Kevin, calme-toi. » La prof essaie de le retenir, ça lui arrive souvent à lui depuis qu'sa mère est partie. L'intervenant devrait bientôt se pointer pour faire un « arrêt d'agir », pis tout va rentrer dans l'ordre comme si rien s'était passé. L'« arrêt d'agir », c'est une technique qu'ils apprennent à l'école des intervenants. C'est comme une prise de lutte pour les enfants. Les bras pis les pieds immobilisés, y a juste les cris qu'y reste à estomper, mais eux autres, quand l'enfant peut plus bouger, y finissent par s'étouffer tout seuls.

Roxane regarde la neige tomber. Ç'a l'air doux comme ça, les flocons, mais dans le fond, c'est froid. Y a beaucoup de choses comme ça, qu'elle se dit.

Quand quelque chose d'un peu grave arrive, Roxane regarde dehors. Si ça dure trop longtemps, elle part en Russie.

Elle ouvre le grand livre rouge déposé sur son pupitre. Des châteaux ronds qui ressemblent à des macarons. Y sont tellement beaux qu'y ont pas l'air vrai. Elle lit : « Le Krem-lin. » Le soleil s'accroche dessus : des bouts de lumière qu'elle voudrait ramasser tellement y brillent. Elle voudrait les ramasser, les mettre dans une boîte pis cacher la boîte en dessous de son oreiller. Roxane tourne la page. Y a une femme avec un foulard rouge sur la tête. Des petits cheveux qui sortent de sous les coins. Blonds. Doux.

« Anastasia est une jeune Moscovite. » C'est écrit dessous.

Anastasia a les joues rouges et des yeux noirs qui regardent direct au fond.

Y sont solides. On dirait qu'y savent tout, pis que c'est même pas grave. On dirait qu'y disent « c'est correct, c'est correct… »

Roxane face à Anastasia, les yeux dans les yeux comme ça, longtemps.

—

Petite pause entre deux clients. Meg est accroupie dans le fond d'une ruelle. Elle pisse. Un petit filet qui se sauve au milieu de la ruelle, qui fait son chemin à lui, qui se crisse des obstacles. Un petit ruisseau qui s'en câlisse.

Meg se relève, les jambes nues. Elle remonte ses bas nylon.

Y a une maille. Fuck, y a une maille.

C'pas grave. Anyway, y l'savent qu'on a des mailles, Meg. Penses-tu qu'y viennent baiser Miss Monde?

Meg se parle dans sa tête et sourit. Elle enfile sa maille par-dessus toutes les autres, invisibles.

Pis eux autres aussi y en ont.

Elle glisse dans ses souliers.

On est toutes full de fucking mailles.

Meg émaillée rejoint la rue en suivant le cours de son ruisseau qui se perd dans le caniveau.

Roxane rentre de l'école.

Sac à dos lourd.

Porte gelée, sonnette pétée.

Sonne une fois. Deux.

Passe par en arrière.

Roxane sait à peine ses jours de la semaine, mais le jour du chèque, elle le reconnaît facile. C'est aujourd'hui. Y a une deux trois bières sur le comptoir. La télé joue fort. Trop. Sa mère boit dans le salon.

Une gorgée. Un allô mouillé. Roxane, les yeux inquiets, cherche ce qui reste de sa mère.

Des arches noires sous les yeux, des trous dans le sourire, la robe de chambre grise ouverte sur son cou plissé, souffrance évachée dans le sofa.

— … Allô, maman.

Un temps.

Sa mère face à la télé. Roxane face à sa mère. Roxane voudrait qu'elle la regarde. Elle voudrait qu'elle la voie avant qu'y rentre. Parce que quand y rentre, la maison brûle et c'est trop tard. La télé en bouclier, Louise n'ose pas regarder.

Il est six heures moins quart, Roxane n'a pas le temps d'espérer. Elle entre dans sa chambre. Y fait noir, y fait froid. Elle s'assoit face à la fenêtre. Là-bas, elle aperçoit le fleuve. Y neige dessus. Des lignes blanches du ciel au sol, longues, longues, qui arrêtent jamais. « Neige… *Sni-eg…* » Entre ses lèvres désertes : « *Snieg.* »

Bruit de clés. Puis de porte. Y est rentré. Ça va crier.

Chiffre rouge sur le réveil : 6:00.

Tête sous l'oreiller.

Le soir tombe d'un coup, comme si à partir de maintenant y avait des choses à cacher.

Au pawnshop y ont bougé les télés, les ont empilées en forme de sapin de Noël. Un genre d'idée festive. Un concept. Sur chaque écran, la même image se répète. Une femme, un voile noir sur la tête, pleure en regardant le ciel. Dans ses bras, un enfant. Mort, sans doute. La même femme, le même enfant, sur douze écrans derrière la vitrine du pawnshop. Sur douze écrans qui ensemble forment une triste idée de sapin de Noël. Le soir peut ben tomber raide.

Kelly et Kathy regardent. La femme la femme la femme la femme la femme l'enfant l'enfant l'enfant l'enfant l'enfant l'enfant.

Sur Ontario, il neige maintenant. Les pieds mouillés courent les cadeaux. Kathy se roule un joint.

La tempête en suspens dans l'appartement. Roxane a le temps. Elle se faufile jusqu'à la cuisine. La tête dans le frigo, elle cherche. Elle a faim.

— Rox!

Elle sursaute. Sa mère l'appelle.

— Roooxxxx!

Vite retourner dans sa chambre. Vite.

Louise dans le salon, la bouteille en bouche; lui à côté, qui fume en silence.

— T'as-tu faite tes devoirs?

Pas le goût d'te parler, ça dit dans sa tête. Pas le goût. Pas le goût. Pas le goût.

Retourner dans sa chambre. Vite.

— Hey! Parle à ta mère, crisse.

— Ben là, m'man...

— Tu veux pas m'parler?

Elle a la voix qui dégouline.

— ...

— Ben c'est ça, tabarnak... Sèche toute seule.

— Louise, ta gueule!

Lui, crachant sa fumée. La ramène à l'ordre. Bridée comme un cheval. Roxane sait que c'est le début. C'est comme ça que ça commence. Sa chambre. Vite. Chaque pas grand comme un monde. La voix qui monte et qui pique, l'autre voix qui embarque par-dessus avec du gras dans les mots, ça tire, ça crache, ça vomit du mauvais. Roxane dans sa chambre la fenêtre les flocons *snieg snieg*.

— Hey, mon hostie d'cave, toi.

— Fuck you!

Un coup sourd. Elle le frappe.

Roxane s'évapore, plonge ailleurs, loin, le plus loin possible.

— Ma tabarnak!

— Touche-moi pas!

Snieg. Les flocons comme des longues lignes blanches du ciel qui tombent qui tombent qui tombent.

— Tu veux m'tuer, hein?

Elle rit.

— Shut up!

Elle crie.

Toc à la porte.

Snieg. C'est beau c'est beau c'est beau. « Ouvre-moi Roxane, crisse... » Des lignes longues longues longues. Bang! La porte en fracas, Louise devant la fenêtre, Louise dans sa chambre, devant la neige qui continue de tomber.

« Regarde les flocons, maman », qu'elle aurait pu lui dire, pis là : « Ah oui, c'est beau. »

— Crisse! Tu t'sauves! Moi j'chu dans marde, pis toi t'es pas là...

Ses mots qui traînent à terre, son vent de bouche trouée dans sa face à elle.

— Ben là, m'man...

— Tabarnak!

Louise tombe à terre. Roxane prend son bras.

— Lève-toi, m'man.

Elle lui prend la taille. Louise braille.

Il entre, la tire par le t-shirt.

— Ça va faire le niaisage, hostie.

Il la relève. C'est serré autour de sa gorge.

— C'est serré autour de sa gorge, Roxane dit, pas fort.

Louise crie.

— C'est serré autour de sa gorge ! Roxane dit, encore.

Il la traîne, la sort de la chambre.

Un temps.

Roxane ferme sa porte. Des cris. Des cris. Des mots. Des coups. Son nom. Sa mère qui crie son nom. Roxane ouvre son tiroir. Cherche ses écouteurs, trouve ses écouteurs.

Chostakovitch, les violons. Plus fort, plus fort encore. Les violons la fenêtre la neige *snieg* qui tombe comme des lignes du ciel à l'eau comme des lianes pour s'agripper, pour monter très haut, jusqu'en haut, les flocons tombent en lianes du sol au ciel, le violon de Chostakovitch coule sur elle, puis coule en elle. Roxane est une corde, stridente sous l'archet, Roxane vibre, Roxane explose, vole par-dessus la rue, par-dessus les corps morts, par-dessus la marde, jusqu'aux bateaux, jusqu'au fleuve, jusqu'en Russie. Roxane est une symphonie.

три (3)

Le jour se lève. La vitrine cathodique du pawnshop sommeille encore, ses écrans endormis sur une tempête monocorde. Voguant dans l'hiver sur leur carré de carton, le rond de corps de Kathy et Kelly se déforme au matin. Une voix douce coule sur elles :

— Vous auriez pas une smoke ?

Les longues jambes de mailles de Meg tranchent leur horizon matinal.

Kelly endormie plonge la main dans les labyrinthes de tissus qui forment sa carapace. À la dernière couche, à la chaleur de son corps et à l'abri des voleurs, Kelly trouve une cigarette qu'elle tend de ses doigts brisés à la pute fatiguée.

— Merci.

—

Y rient pour rien, tout' en même temps, comme si quelqu'un leur avait dit : « À go, on rit. » Y rient ensemble même si tu catches rien, comme s'y riaient dans ton dos. Hostie d'radio du matin. Mélissa sacre un coup dessus. Elle s'éteint pas.

Mélissa se lève. Y fait noir dans la cuisine. Le beau-père est pas revenu. Y a pas de trace de lui, pas une bière de plus, pas une botche, pas rien. Y reviendra pas. Là, c'est vrai.

Mélissa ouvre le frigo. Elle prend le carton de jus d'orange et en cale une gorgée : elle crache. Ça goûte le vomi. Excursion des restes. De la vinaigrette, de la sauce tomate, de la mayo, de la relish, du ketchup, du chocolat à sundae. Mélissa s'en verse une shot dans la bouche. Elle ouvre le congé et vide son contenu sur la table.

— Qu'est-ce tu fais, Mélissa ?

Les petits en pyjama tout endormis.

— J'nous organise.

—

Y a du frimas sur les fenêtres, des lignes tout emmêlées qui font un rideau entre dedans et dehors. Comme si l'hiver avait des doigts pour dessiner. Roxane est fatiguée.

Louise s'est endormie sur le divan. Roxane s'approche d'elle, se penche sur son visage. À un pouce de sa peau. Elle promène ses yeux sur elle. S'accroche aux trous, aux taches, aux lignes. Un chemin de bave le long de sa joue. Bave de bière. Passe son long doigt dessus – bave de sa mère – remonte la ligne jusqu'à la bouche. Ouverte. Sèche. Morte.

Si a pouvait mourir.

Roxane ramasse sept bouteilles de bière vides à terre et sacre son camp.

Dehors, Roxane marche la tête haute. Elle a pas pris l'autobus jaune. Qu'y mangent d'la marde. Elle va trouver son chemin, elle va se rendre à l'école comme une fille normale. Ben normale.

J'pense qu'y faut tourner ici. J'pense que c'est ici qu'y faut tourner. L'autobus jaune, c'est ici qu'y tourne. J'pense...

Le nom de la rue est écrit, mais le lire, c'est long. Lire, c'est long. Elle lit lentement, pis de toute façon elle sait pas quelle rue elle doit prendre, alors même si elle savait son nom...

Jamais passée par ici. Me semble. Reconnais pas, reconnais rien. Reviens.

Roxane revient sur ses pas. En courant. Tourne le coin, retour au point de départ, retour devant sa maison. Une, deux, trois. Monte sur le balcon. Roxane est essoufflée. Y avaient raison.

Au bout de la rue l'autobus jaune arrive. Une, deux, trois. Roxane monte dedans sans même faire semblant qu'y vient pas pour elle.

Y avaient raison. Roxane est folle.

—

Au dépanneur en face de l'école, Mélissa, les petits accrochés aux manches, négocie un paquet de nouilles salées avec le Chinois.

— J'vais vous l'rendre la prochaine fois là, come on, j'passe tout' les matins icitte!

Roxane entre, sort les bières vides de son sac qu'elle pose sur le comptoir.

Regard de Mélissa, compte vite.

— Tu m'en donnes-tu deux?

— Hein?

— Des bouteilles, tu m'en donnes-tu deux, j'ai pas assez d'cash.

Roxane regarde Mélissa pis les petits morveux pendus après elle. Regarde le Chinois qui attend, un sac de nouilles salées dans les mains.

— Oui. J't'en donne deux.

Mélissa pousse deux bouteilles vides dans la face du Chinois, lui arrache le sac de nouilles des mains – «Envoyez, les gars!» – et sort du dépanneur en coup de vent.

Roxane sait que ça prend sept bouteilles vides pour un May West. Il lui en reste cinq. Elle sort.

Mélissa est déjà loin, presque rendue à l'école. Elle avance la tête baissée pour pas que le froid lui touche la face. Les petits se mettent derrière elle pour pas recevoir le vent. Mélissa fend l'air pour eux autres. Elle leur ouvre le chemin comme les outardes. Mélissa est une guerrière.

Roxane la trouve belle.

—

Steve est couché les pattes écartées sous une Peugeot rouillée. Ses mains noircies se promènent dans les viscères métalliques, son œil expert détecte la faille qu'il colmate en automate. À Noël passé y avait donné un modèle réduit de c'te char-là à Kevin. Une petite Peugeot argent, ben clean. Dans une belle boîte. Y l'avaient monté ensemble, toute la nuit. Y était content, son gars.

Steve chante *Blue Moon* sous une Peugeot rouillée. Si lui y a pas d'char, y en a une couple qui roulent en ville grâce à son doigté.

Une voix grave résonne par-dessus la Peugeot.

— Steve! Le boss veut t'voir.

Mauvais feeling. Steve bouge pas, campé dans son terrier de métal rouillé.

— Hey, le lutteur. Come on.

Steve sort de l'ombre. S'essuie les mains.

Au fond du Garage Lacombe, quelques employés la face noircie de cambouis regardent la scène, immobiles. Steve serre sa guenille dans ses mains, l'huile noire coule à terre en filet.

— Pourquoi, hostie ? C'est quoi, là ?

— Le garage rentre pas dans son cash. Faut couper du monde. C'est d'même, Steve, je…

BANG !

La face du boss écrasée sur le dash. Steve lui crisse la guenille sur la joue – l'huile coule dans la bouche du boss. Steve kicke dans la porte pis sacre son camp.

Sur Ontario dans la foule, un gars. Dans ses poches, ses mains noires, crispées. Y est tout seul pis y a le goût de brailler.

Roxane est plongée dans son livre. Une place, grande. Les gens ont l'air de marcher vite, comme ici. Ils regardent par terre et avancent. Seuls les pigeons restent immobiles au milieu des pas pressés. Ils sont reposants, les pigeons. Par terre, ils laissent des traces comme des petites étoiles. Les gens pressés pilent sur les étoiles.

Roxane relève la tête, regarde dehors.

Les enfants jouent dans la cour d'école, dans leurs habits de neige comme des cosmonautes. On dirait qu'ils flottent. Il a neigé. La journée est calme. L'air est blanc et mouillé.

Dans la classe les lumières clignotent. La prof vient d'entrer.

Roxane cherche la page dont elle a retourné le coin. Anastasia. Son regard rassurant.

Y a un test. Elle le savait pas ou le savait plus. Elle comprend rien aux questions. RIEN. On dirait que c'est écrit dans une autre langue.

Elle pose la tête sur son bureau. Anastasia la regarde.

— Roxane ?

Elle sursaute.

La prof est à côté d'elle.

— Est-ce que tu travailles ?

— … Oui.

— … T'as rien fait encore ?

— …

— Est-ce que tu comprends ?

— …

— Il faut que tu complètes les phrases avec les mots « je », « tu » ou « nous ».

— Oui.

Comprend rien rien rien.

— OK?

— Oui.

La prof regarde la photo d'Anastasia.

— Encore la Russie… Est belle, hein?

— …

— … A t'ressemble un peu, tu trouves pas?

Roxane regarde Anastasia. Oui. Elle lui ressemble. C'est vrai qu'elle lui ressemble.

— … Oui.

Roxane est fébrile. Elle ressemble enfin à quelqu'un.

La prof referme le livre rouge.

— Concentre-toi, ma belle. Fais un effort. Faut que tu comprennes ta langue avant d'en apprendre d'autres, hein?

— …

La pyramide de télés diffuse des images de l'hiver. Live. Kelly et Kathy sous leur montagne de tissus, blotties entre leurs chiens, ont les yeux seulement qui dépassent. Deux paires d'yeux bleu mer dans le gris blanc d'Ontario. Survivantes que les bolides hivernaux contournent à la dernière minute.

— Mourir avalée par une déneigeuse, c'est une mort héroïque.

— Mourir tout court, c'est héroïque.

— D'abord, on est tout' des héros?

— Ben oui.

— Surtout moi.

— Surtout moi!

Elles s'embrassent en attendant de mourir. C'est chaud dans la bouche. Ça rassure, une langue amoureuse.

— Hey!

Une voix de gars, une voix de métal.

Y se tient là contre le jour, y tranche la rue en deux. On voit pas ses yeux glacés. On voit pas ses poings tendus dans ses poches. Mais on devine tout à cause du froid profond qui s'installe jusqu'en dedans.

Kelly parle d'une voix qu'elle espère solide.

— Inquiète-toi pas, man. On va t'payer dans...

Y lui envoie un coup de pied dans le visage. Le nez de Kelly craque, cassé, se met à saigner pendant que les chiens se mettent à japper.

— Hostie d'sale!

Kathy couvre Kelly de son corps. Le gars lui crache dessus. Dans le langage de la rue ça veut dire que les mots comptent plus. C'est du cash qu'y veut. Y s'éloigne en laissant derrière lui la parfaite promesse d'un retour imminent.

Kathy du bout de sa manche tente d'éponger le sang qui coule du nez de Kelly. Elles disent rien parce qu'y a rien à dire.

Comme une roche au milieu du torrent, les deux corps enlacés sous un amas de tissus.

Le jour passe mais le froid reste là.

Elles devraient partir loin mais c'est ici chez elles. Ce bout de carton là, c'est leur pays. Partout ailleurs c'est nulle part, mais pu ici.

Kelly et Kathy s'endorment lentement. Autour d'elles, les chiens guettent.

—

Roxane, dans sa chambre, lit sous ses couvertes. Éclairée à la lampe de poche, pour pas rappeler qu'elle est là. À côté de la photo d'Anastasia, un encadré :

« La Rus-sie, dans son im-mense é-ten-due, comprend bien des races di-verses, et le ty-pe de beauté fémi-ni-ne y varie beaucoup. Ce-pendant, on peut si-gnaler, comme traits ca-rac-téris-tiques, une ex-trême blancheur de la peau, des yeux gris-bleu, des che-veux blonds ou châtains, un certain em-bonpoint provenant du man-que d'ex-ercice et de la ré-clusion que com-mande un hiver de sept ou huit mois. Dans la blancheur de leurs vi-sages, leurs traits dé-li-cats s'es-tom-pent à demi com-me les traits du vi-sage de la lune, et ces lignes peu accu-sées for-ment des phy-si-ono-mies d'une douceur hy-per-bo-ré-enne et d'une grâ-ce po-laire. »

—

— Hostie qu'y fait frette !

Meg saute d'une jambe à l'autre de plus en plus vite. Elle trébuche, manque de tomber. Les filles sourient, Meg aussi. Elle a perdu une dent, ça fait un trou en plein milieu. Elle s'en câlisse, elle rit pareil : ça réchauffe.

Sur le coin du trottoir, Mélissa la voit de loin. Est là, crampée. Sa mère, qui rit avec d'autres filles.

La nuit tombe, c'est le début de leur journée. Petits collants en résille. Elle doit geler raide.

Mélissa ralentit le pas. Elle veut la voir. Elle veut qu'elle la voie.

De l'autre bord d'la rue, Mélissa s'arrête en face du groupe de putes.

Une des filles la remarque, donne une tape sur l'épaule de Meg.

— C't'à toi, ça, Meg.

Meg arrête de rire et se retourne vers Mélissa.

— Hostie.

Meg plonge le regard par terre.

Le « hostie » de sa mère traverse la rue jusqu'à Mélissa qui le reçoit dans la face. Deux ébauches de femmes figées l'une en face de l'autre. Se cherchent.

Lentement, en alpiniste, comme on gravit un col glissant, Meg remonte son regard sur sa fille.

Les yeux en pont de l'une à l'autre, chacune sur son bord de trottoir, elles se regardent. Fuck les cinquante mètres, fuck. Suspendues au-dessus du monde, un moment encore, elles se regardent. Mélissa a chaud, ça faisait longtemps.

Meg pose doucement sa main sur son cou.

De l'autre côté, Mélissa suit le geste maternel. Tente de décoder. Couvre ton cou. Couvre ton cou, qu'elle dit. C'est sûr, c'est ça qu'a veut dire, couvre ton cou, tu vas geler. Mélissa remonte son manteau sur sa peau nue.

Un char passe et coupe le pont.

—

— Ouin, c'est calme chez les voisins! Pour moi la paye a été bue hier soir, hein, p'pa?

Dans le petit appart, la télé est allumée. Ça s'parle un par-dessus l'autre, tout emmêlé. Steve est effouaré dans le sofa du salon et fume une smoke, les yeux dans le vide. Y répond pas. Kevin, dans la cuisine, vide le pot de relish dans son hot dog.

— Tu t'prépares pas ?

Y gueule par-dessus les autres. Steve l'entend pas. Kevin prend une bouchée.

— P'pa ? Tu t'prépares pas ?

Sur son sofa, Steve sort de sa torpeur.

— Mmm.

Tire sur sa smoke. Une longue puff pour impressionner son gars. La smoke brûle de moitié.

— Wooow ! lance Kev, faussement admiratif.

Steve lui renvoie la fumée dans la face, un bout de sourire au coin de la bouche.

— Essuie-toi, là, t'as d'la relish partout.

Kevin passe sa manche sur son menton.

— Tabarnak, Kevin ! Prends un torchon, crisse, t'as pas trois ans !

Kevin est surpris par le ton de son père.

Le regarde un moment, immobile. Puis se dirige vers la cuisine où il ramasse une guenille.

De l'autre bord du mur, les petits frères regardent *Black Vampire*. Y l'ont déjà vu trois fois, mais y s'tannent pas d'avoir peur. Mélissa les a mis devant l'écran après avoir joué à la mère. À ce qu'elle s'rappelle que c'est. Quelqu'un qui est là dans la maison, pis qui apparaît quand t'as besoin de quelque chose. Genre quand t'as faim ou quand tu pues pis qu'c'est l'heure du bain. Elle a fait des bols de céréales avec des bouts de bananes dedans. Elle a même mis du chocolat à sundae par-dessus pour qu'y soient contents, ses petits frères. Pour qu'y trouvent ça bon. Le chocolat a coulé au fond pis y ont rien vu. Rien goûté. Pas facile d'être une mère. Peut-être un peu pour ça qu'est partie, la sienne. Parce que Mélissa goûtait pas ses efforts.

Maintenant Mélissa est fatiguée. Tout en dedans, c'est fatigué. Ça veut plus rien faire.

La chambre de sa mère est trop grande sans personne dedans. La fenêtre donne sur la ruelle.

Dehors, il neige. Tout autour du lampadaire, ça fait comme une flaque de lumière collée sur le ciel. Sur un fil, y a un écureuil en équilibre pis quelques moineaux qui espèrent. Derrière eux, le fleuve paresseux, la glace en carapace.

Mélissa donne un coup dans la fenêtre. L'écureuil tombe pas pis les moineaux restent là. Elle en donne un autre, plus fort. Toujours rien. Tout reste immobile, comme si elle existait pas.

Mélissa éteint la lumière et se glisse dans le grand lit. Ça sent les cheveux de sa mère. Elle s'endort.

—

Steve a refermé la porte de sa chambre, mais pas complètement. Comme d'habitude, il reste une fente par laquelle passe la lumière. Il se déshabille, soupire.

Kevin, en pyjama dans le corridor, approche sur la pointe des pieds.

Steve ouvre sa garde-robe. En sort la grande pochette. On dirait qu'elle cache un secret. Le zzzzzz du zip, puis, en dessous, le rouge du costume. Steve enfile d'abord le pantalon doré. Tire les bords pour qu'il tombe bien. Torse nu dans ses culottes de winner.

Jette un regard dans le miroir. Derrière la porte, Kevin observe la métamorphose. Son père se transforme tranquillement en superhéros. Steve passe ensuite le chandail moulant autour de son cou. Y a l'air fort avec ses épaules rondes et son dos large sous le tissu brillant. Y reste juste un morceau. Le morceau.

Kevin remue, impatient, s'accroche dans la porte. Retient son souffle. Steve se retourne. Un temps. Kevin en statue ne bouge plus.

Steve fouille dans la grande pochette et en sort le morceau final. Du bout des bras, y l'tient devant lui. La lumière de la rue se prend dedans, le monde entier se prend dedans, tout pour un instant existe à travers le bout de tissu rouge que Steve, dans un mouvement parfait, glisse sur ses épaules.

La transformation est réussie. Big, la tête haute, tient sa cape sur son dos droit : il est le plus fort du monde.

Steve, de ses doigts noirs d'une dernière journée de garage, essaie maladroitement de nouer la cape. Ses doigts ne lui obéissent plus. Il s'impatiente. Tabarnak. La fine corde se brise. Dans le miroir, Steve se regarde, moulé dans un costume à deux cennes, un bout de ficelle entre les doigts. Ferme les yeux, retient ses larmes.

Kevin, à pas feutrés, se retire dans sa chambre. Un héros qui pleure, ça s'peut pas. Il claque la porte.

Louise sursaute. Hostie d'murs en papier, qu'elle souffle. Elle se rendort aussitôt sur le sofa, sous les ébats froids des amoureux de fin de journée : un film de cul lui bave dessus. Roxane dans sa chambre, en pyjama debout devant le miroir. Dans ses mains, elle tient délicatement la photo d'Anastasia, arrachée du livre rouge. Ses yeux voyagent du visage russe à son reflet. Elle en explore tous les contours : la rondeur des joues, le léger soulèvement de la lèvre, le galbe du cil. Devant le miroir, longtemps comme ça.

—

Kevin en pyjama devant l'écran géant du salon s'est plogué sur sa machine et shoote des petits bonshommes qui courent en vain aux quatre coins de l'écran.

Steve fouille, énervé, dans un fond de tiroir, sa cape est déposée en motton sur le comptoir.

Kevin le regarde du coin de l'œil. Pause sur la boucherie. Un petit bonhomme est gelé là, les bras tout écartés, en train d'exploser, le sang sur pause, en flaque au milieu de l'écran. Kevin s'approche de son père.

— Qu'est-ce tu cherches ?

Steve, la tête dans le tiroir, grogne. Kevin prend la cape dans ses petites mains. Steve d'un geste brusque la lui arrache.

— Laisse ça là, toi, ça va assez mal de même.

— Qu'est-ce tu cherches, p'pa ?

Steve vide le contenu du tiroir à terre, s'agenouille, fouille.

—

20:48. L'heure flashe sur le micro-ondes. Steve est à genoux au milieu de la cuisine. Kevin se tient debout derrière lui, dans le noir. Le petit bonhomme est toujours explosé dans une flaque de sang fixe : l'écran gelé comme seule source de lumière. Les petits doigts de Kevin, tout en précision, glissent une épingle à couche à travers la cape rouge. Kevin est concentré.

— Lève ton menton.

Steve obéit sans broncher.

— OK, j'vais t'en mettre une dernière pour être sûr.

— Mmm.

Steve garde son menton relevé pendant que Kevin, appliqué, glisse une dernière épingle dans le tissu rouge.

— OK. C'est fait'.

Steve se relève. La cape sur les épaules. Tire dessus. Un coup à droite. Un coup à gauche. Clé de jambe, coup droit, esquisse deux moves tout en puissance et fait sourire Kevin.

— Ça tient ?

— Ça tient.

Steve enfile son long manteau noir par-dessus son costume et met ses bottes d'hiver. Il ouvre la porte.

— P'pa. J'peux-tu venir ?

— Non, Kev. Pas trop souvent, tu l'sais. Ça coûte cher.

Il lui donne une tape dans l'dos.

— Finis ta game pis couche-toi, OK ?

— Mmm.

Steve descend les marches en trombe.

— Bye, p'pa !

À travers l'escalier : « Crisses-y une volée ! »

La porte du Bloc claque. Kevin rentre dans l'appartement et retourne à sa game. Le petit bonhomme à moitié explosé est toujours figé dans son carré de sang… Il le regarde un moment. Y a plus rien à faire pour lui. Kevin, solennel, appuie sur le piton PAUSE. Le bonhomme finit d'exploser et le sang disparaît. Kevin éteint la télé.

Va dans sa chambre, ouvre son album, celui avec la couverture en cuir. Celui que sa mère lui a donné. Dedans, toutes les faces des lutteurs, avec leurs autographes à côté : SmartFox avec son masque de renard enragé, MegaStar dans son vieux costume bleu électrique, BadJo la fois qu'y a pogné Speedy par surprise. Pis Big, avec sa cape rouge qui brille, Kevin assis sur ses épaules. Y avait encore gagné. Gagne tout le temps.

Kevin s'endort avec l'album à côté de lui.

—

Des bas-fonds de l'église jusqu'au coin de trottoir, on cherche à exister. « Killkillkillkillkillkill ! » La musique heavy résonne du sous-sol à la rue. Kelly et Kathy, sous les écrans blancs du pawnshop, se caressent au rythme syncopé des lutteurs. « Killkillkillkillkilllkill ! » pendant que sur le ring Big lance Fighter dans les cordes, « Killkillkillkill ! » Kelly et Kathy sous les écrans blancs font l'amour.

—

Bruits de clé dans la serrure. Kevin ouvre un peu les yeux. 00:12. La face étampée dans son album. Des pas dans le corridor. L'ombre de son père un instant dans la fente de la porte. Derrière l'ombre, son odeur : un mélange de sueur et de bière chaude. Puis le bruit des tissus qu'il range soigneusement dans son armoire, le zzzzzzzzz fatigué de la grande pochette qui recueille le héros, jusqu'à la prochaine fois. Un soupir.

Steve éteint les lumières et Kevin se rendort.

четыре (4)

Ça sonne à la porte. Mélissa ouvre les yeux dans le lit trop grand de sa mère. 7 heures du matin. C'est elle ! Elle se jette hors du lit, se garroche sur la porte, ouvre – c'est le monsieur du loyer, l'air bête. « J'viens pour la collecte. »

— … Collecte de quoi ?

Le grand monsieur regarde autour. Ses petits yeux de rat se promènent sans gêne du salon à la cuisine.

— Collecte de quoi ?

— Ton père est où ?

— C'pas mon père.

— Ben, l'gars qui vous garde, y est où ?

— … Y travaille.

— … Ah.

Encore ses yeux de rat partout, on dirait même qu'y traversent les murs.

— Bye.

Mélissa referme la porte… fuck. Elle regarde l'appart. Par terre, de la vieille vaisselle pis des cannes vides, des bouteilles de liqueur pis des sacs de chips, du linge pis des DVD éparpillés. Pis les deux p'tits qui dorment tout habillés au milieu du salon. Fuck, fuck. Mélissa les brasse.

— Envoyez, les gars ! Debout. Faut cleaner avant l'école… Hostie, Francis. Tu t'es pissé dessus !

Mélissa s'écrase au milieu du désordre. Ce matin, elle disparaîtrait bien. Pas pour toujours. Elle reviendrait une fois adulte. Quand elle serait devenue grande, les cheveux démêlés, avec un métier pis une maison… Pis un chien. Peut-être un chien. Le temps d'avant, le maintenant, elle le donnerait à n'importe qui qui le veut.

—

Roxane est dans le salon. Sa mère dort encore. Elle parle au téléphone à voix basse.

— Allô, p'pa.

— (…)

— Tu dormais ?

— (…)

— C'parce que j'voulais t'poser une question… Grand-m'man, là, était tu Russe ?

— (…)

— C'est où Saint-Hippolyte ?

— (…)

— Ah.

— (…)

— Non, rien que pour savoir. Ma maîtresse, a dit que j'ressemble à une Russe.

— (…)

— Oui, je sais. C'est juste que j'voulais savoir. Recouche-toi. Bye.

—

— P'pa ! P'pa ! Réveille !

Kevin est en culottes, les yeux pochés.

— P'pa ! Tu vas être en retard au garage !

Steve, d'un coup, ouvre les yeux, se relève d'un bond dans son lit, regarde l'heure.

— Tu vas être en retard à la job, p'pa, come on !

Kevin monte sur le lit et se met à sauter dans les airs, un pied de chaque côté de son père.

Steve maugrée et se recouche d'une traite.

Kevin arrête de sauter.

— … P'pa ?

— Mmm… pas d'travail aujourd'hui.

— … Ah.

Un instant encore, Kevin reste là à regarder son père vu d'en haut. Sa barbe pas rasée, ses cernes et la bave de nuit qui a séché sur sa joue. Kevin descend doucement du lit, sort et ferme la porte derrière lui.

— Ça s'passe à la Huitième Guerre mondiale, y a deux cent trente-trois clans pis faut qu'tu choisisses le tien, tes alliés, tes espions, ton vaisseau… Quand tu débutes, t'as dix vies de rechange, comme ça, tu mourras pas tout de suite. Ça t'tente tu d'jouer contre moi ?

Steve mange ses toasts en lisant le *Journal de Montréal.*

— Non.

Kevin continue à jouer tout seul.

Sur une page complète la fille est tout écartillée pis elle baigne dans son sang. Ses yeux sont ouverts. Steve s'attarde sur ses yeux. Y voudrait savoir leur couleur, mais le journal est en noir et blanc. Y auraient pu faire une exception pour elle. Mettre ses yeux en couleurs, au moins pour aujourd'hui, je sais pas.

— Pourquoi y ont fait ça?

Kevin du coin de l'œil, continuant à envahir de nouveaux pays virtuels.

— Quoi?

— Ben, la fille.

Y pose la question à chaque fois. S'habitue pas.

Steve s'allume une smoke.

— Pour te rappeler qu't'es chanceux, ou pour te dire de pas faire de niaiseries ou ben pour te rappeler qu'le monde est sale... C't'au choix.

Ça frappe à la porte. Kevin pèse sur PAUSE, se lève en trombe et va ouvrir. C'est le monsieur du loyer.

— C'est l'monsieur du loyer!

— Monsieur Gingras... grogne le monsieur du loyer.

Steve se lève de table et attache sa robe de chambre.

— Bonjour. J'peux pas vous payer maintenant, j'ai pas d'argent, là.

— Ah. Quand?

— Bientôt, là, j'vas m'arranger.

— Dans trois jours, je r'passe?

— Oui, c'est ça. Dans trois jours.

Steve ferme la porte.

Il va s'asseoir, éteint sa smoke. Kevin le suit du regard.

— Comment ça t'as pu d'argent, p'pa?

Steve se rallume une cigarette.

— Hein, p'pa?

— ... J'ai pu d'argent parce que j'ai pu de job.

— ...

— Le garage y avait pu besoin d'moi.

Kevin redémarre sa game.

Steve, entre deux puffs, funambule :

— … C'est platte, t'étais pas là au dernier match. J'ai enchaîné une couple de prises assez hot.

Shoot, shoot, shoot. Kevin ne l'écoute pas.

Steve replonge dans son journal, mais y voit plus rien.

—

— Francis ! Tabarnak… Remets ça à sa place, j'viens juste de l'ranger !

Mélissa ramasse tout ce qui est à terre pis elle le met sur le divan. Au moins, c'est plus à terre.

Toutes les assiettes dans le lavabo, tout le linge dans la laveuse, tous les restes dans le frigo, ça pourrit, ça pue, tout' pue, Mélissa sacre tout à terre : la bouffe, les casseroles, ses deux petits frères, elle les jette à terre pis elle leur donne des coups.

—

Mélissa nettoie le plancher de la cuisine. À la radio, y a Madonna qui chante *Like a Virgin*. Les gars sont à l'école, mais elle, elle y va pas. C'est elle qui décide. Y a quand même des avantages à être toute seule.

Le téléphone sonne. Mélissa baisse le volume et décroche.

— Allô ?

Une voix sérieuse à l'autre bout du fil, une voix qui prononce toutes les syllabes, une voix d'un monde qui regarde le sien d'en haut. Mélissa redresse la tête et met du solide dans sa voix de petite fille.

— Vous parlez à Mélissa.

— (…)

— Bonjour.
— (...)
— Y est pas là.
— (...)
— Y travaille.
Mélissa ajoute du sec dans sa voix.
— Oui, tout va bien ici.
— (...)
— Y aura rien, madame.
La voix de l'autre côté insiste.
— OK, je note quand même.
— (...)
— OK, merci là.

Mélissa raccroche. Elle jette le papier sur lequel elle vient de noter le numéro de la torche de la DPJ. Elle aurait dû lui dire ça : « Salut ? La torche de la DPJ ? Ah, oui, ma mère m'a beaucoup parlé de vous. Non, non pas en bien, non. » Elle, faut pas qu'elle se pointe ici.

Mélissa remonte le son, verse l'eau de Javel par terre et passe la moppe en dansant *Like a Virgin.*

—

Steve, dans la cuisine, penché sur le *Journal.* Il décode les petites annonces. Son gros doigt se promène sur les petites lettres. Petites lettres qui font qu'une vie existe ou pas.

Y s'ouvre une bière, la cale, s'en ouvre une autre.

Son gros doigt a plus une trace de cambouis, même pas sous l'ongle, même pas dans les sillons de la peau. Son gros doigt sans personnalité continue son chemin en vain sur les petites lettres qui demandent tout ce qu'il n'est pas. Pas fait pour exister.

Y cale sa bière, s'en ouvre une autre.

—

Kevin descend en classe. Y tient la rampe parce qu'aujourd'hui y a peur de tomber.

La prof énumère les animaux de la crèche, en anglais. *The ox and the donkey keep an eye on the baby.*

Kevin pose sa tête sur son bureau, la joue écrasée contre son livre de Batman. À côté de lui, la folle parle toute seule, des mots qui veulent rien dire. Y aurait le goût de lui dire ta gueule. Y lève la tête, la regarde : « Ta gueule. » Y lui a dit. Y repose sa tête contre son pupitre.

Roxane s'en crisse, elle entend plus rien. *Snieg snieg snieg.* Son œil erre dans la lumière de dehors pendant que la prof place les personnages de la crèche sous un faux sapin qui sent rien.

Finalement, c'est d'autres filles qui ont fait Marie. Elle est beige, elle sent rien pis elle a plus de seins. Platte comme une planche, la Marie. Qu'a mange d'la marde.

The donkey is grey, the ox is brown, pis c'est bientôt Noël. Tout va très bien dans la classe des orthos.

—

Kathy et Kelly sont collées dans leurs couvertes trempées. Meg est accroupie à leurs côtés. Kathy lui tend le joint. Aux télévisions, le temps s'est arrêté sur des barres qui bavent leurs couleurs jusque dans le gris d'Ontario. Kathy avale sa fumée :

— Paraît qu'les filles pensent plus à magasiner qu'à faire l'amour.

Kelly éclate de rire.

— C'est vrai, y l'ont dit à télé. Trois filles sur quatre auraient l'idée de s'acheter de quoi, une robe ou une patente, à chaque soixante secondes. Quand même! J'ai compté, ça fait neuf cent soixante fois par jour ça, crisse.

Kathy récupère le joint que lui tend Meg. Tire une longue puff.

Un temps.

Meg, la voix tremblante de froid:

— Ben moi, j'aimerais ben ça magasiner à la place de faire l'amour.

— Tu fais pas l'amour, toi… Tiens, prends une couverte.

Meg pose sur ses épaules le sleeping bag que lui tend Kelly.

— C'est vrai, tu fais pas l'amour. C'pas ça faire l'amour.

— Qu'est-ce que j'fais, d'abord?

— Ben. Tu baises.

Un temps. Entre la confusion et la réflexion.

— … J'leur fais l'amour à ces gars-là.

— Y t'magasinent, tu t'vends, tu…

— J'leur fais l'amour. Je l'sais, crisse, c'est moi qui l'fais!

— OK, OK. Tiens, fume.

Meg fume.

— C'est vrai, sinon quoi. Si j'fais pas l'amour pis que j'magasine pas, j'fais quoi, crisse?

— Pleure pas, Meg.

— Ouin. Pleure pas, Meg.

—

Roxane et Louise sont dans le salon, devant la télé. Sous les spots, on décide qui on va flusher. Roxane sur un sofa, Louise sur un autre.

— Passe-moi l'tabac.

— C'est lui qui va s'faire crisser dehors.

— Ben oui, c'est sûr.

Ensemble, elles roulent des smokes de tabac sec. Roxane s'applique parce qu'elle ira en porter à son père. Celles qui sont les plus belles, celles qui sont les mieux roulées.

Dehors l'escouade jaune a sorti son attirail : les souffleuses, les tireuses, les traîneuses, les tasseuses. Toutes les machines sont là. Y a neigé toute la journée pis ça continue. Y a d'la job sur les trottoirs.

Des pas dans l'escalier. C'est l'beau-père qui rentre. Une caisse dans les mains.

Roxane lève les yeux. Sur lui. Pis sur sa mère. Pose la cigarette à moitié roulée sur la table. Se lève. Sa mère l'intercepte.

— Ben là, Roxane, relaxe!

— Non mais j'ai des choses à faire, des devoirs.

— Hey! Niaise-moi pas! Assis-toi! J'bois pas, là! Crisse, arrête de t'sauver chaque fois qu'tu vois une bouteille! C'est toi qui es malade!

Roxane se rassoit.

— L'bout' du cul su'l'bout' du sofa! T'es ben d'même?

Roxane se recule un peu, le corps raide.

— A peur de moi! A peur de moi, tabarnak!

La mère de Roxane se débouche une bière. Pchitt. Le son. Juste le son lui pogne le ventre.

— J'reviens, m'man, je…

— Ben oui, sac'ton camp. Retourne dans ton monde, là, c'est tellement plus beau qu'icitte, hein ?

Louise prend une gorgée. Elle aurait aimé que Roxane reste à côté d'elle à rouler des smokes séchées en regardant la télé. Elle prend une autre gorgée.

—

Rue Aylwin. Le soir tombe.

Kevin traîne ses pieds dans la neige. Ça laisse des traces, comme s'y avait des super grands pieds. Imagine le kick de ces pieds-là. Kevin marche à reculons en regardant ses pas de géant jusqu'à la maison.

Sa clé pend à son cou, y la cherche dans les mille épaisseurs de son habit de neige, la trouve. Ouvre la porte – fait ben sombre en d'dans – allume la télé.

Steve est là, assis dans le noir, une bière à la main.

— P'pa ?

Steve prend une gorgée.

Tout en enlevant son habit de neige, Kevin le lâche pas des yeux. Son père a l'air malheureux. Ça, y comprend ça. Quoi faire avec, ça, y le sait pas. Kevin s'assoit par terre, aux pieds de son père. Y glisse un jeu vidéo dans sa PlayStation – PLAY – et passe une manette à Steve.

— Envoye, joue une game avec moi.

Un moment où Kevin espère. Steve dépose sa bière et pogne la manette. Kevin réprime un trop grand sourire et s'empare de la deuxième manette.

—

Assise dans son lit, Roxane arrache les photos du livre rouge. En plus du papier qu'elle déchire, elle entend les bruits de gun réguliers qui viennent de l'appart du lutteur d'à côté. Mais c'est dans son salon qu'y a une guerre qui se prépare.

Sur les murs de sa chambre, elle colle des images. Une carte de la Russie, pis, à côté, le Kremlin dans l'hiver. Elle a aussi trouvé la photo d'une patinoire au cœur de Moscou avec plein de gens en tout petit. Y a sûrement de la musique par-dessus eux, ça se voit, ça s'entend presque. C'est clair. Dans cette image-là, y a de la musique. À côté de son lit, Roxane colle Anastasia.

Elle feuillette ce qui reste du livre. Encore quelques photos. Une rivière, large, calme, douce. C'est beau, ça. Son bateau à elle, c'est là qu'y s'en irait.

Roxane découpe, s'applique, colle.

La Volga coule dans sa chambre, le bouillon de son eau vive couvre les cris qui lentement s'érigent en maîtres du salon. Roxane retient sa respiration et plonge son corps et son âme dans la Volga.

—

— AHHHH ! Sacrament de crisse de torrieux, hostie, t'es ben bon !

— Ben oui, mais p'pa j'joue tout l'temps, moi ! Toi, c'est la première fois, là ! Oh shit ! T'as trop fait' exprès ! Tu m'as déconcentré !

Les deux gars sont debout dans le noir, le corps penché vers la lumière de l'écran. Kevin jette des petits regards brillants à son père. Y est presque en train de le rendre heureux.

— Envoye ! Envoye !

—

Chostakovitch, début du disque. Roxane met ses écouteurs et s'étend sur son lit. Elle se perd dans Moscou, grande ville blanche où s'enlignent les toits couverts de neige. « Sur l'espla-na-de du Kremlin, le pano-rama de Moscou dé-ve-loppé devant soi, on se sent vrai-ment ail-leurs… »

BANG ! La porte s'ouvre, la lumière tombe sur Roxane, sa mère gueule, mais Chostakovitch reste là, entre eux et elle. Il la protège. Le beau-père derrière l'attrape par les cheveux, Roxane devine un cri sous l'archet voluptueux. Roxane, prisonnière de la scène, avale l'absurde chorégraphie.

Sa mère, par terre, le visage déformé, peine à se relever. Lui la tient par le cou. Elle mord, il frappe, elle crie.

Roxane pétrifiée.

La musique.

Le visage de sa mère.

La musique.

Sa mère par terre qui se relève.

Lui part vers la cuisine.

Elle, en criant, le suit.

Dans la cuisine, les couteaux.

Chostakovitch ne peut rien contre les couteaux.

Roxane s'enfuit.

En pyjama dans la tempête, Roxane passe devant les putes.
Une ou deux seulement, c'est tempête pour tout le monde.

Le long du fleuve, Roxane court. Neige dans ses yeux, cri dans sa tête.

Le long de la Volga, Roxane espère un bateau qui ne vient pas.

Sous les néons du poste de police, Roxane est emmitouflée dans une couverture de laine. *Snieg, dymm, toumann, louna, zima, ablaka* – comme une histoire juste pour elle qui raconte rien, où y a rien à comprendre, où rien fait mal – *snieg, dymm, toumann, louna, zima, ablaka. Snieg, dymm, toumann, louna, zima, ablaka.*

« C'est correct. » Roxane tremble. « C'est correct. » Roxane se berce.

Y l'ont ramassée dans la rue. C'est pas la première fois. Y attendent qu'elle se réchauffe, pis y la ramènent chez elle.

Y est minuit. Les gars sont torse nu dans le salon, suant comme s'y s'étaient battus pour vrai. Kevin mange un hot dog en regardant dehors.

— A l'a encore fugué.

En bas, Roxane descend de la voiture de police, escortée par deux bonshommes en uniforme.

— P'pa ! La voisine, a l'a encore fugué.

— Mmm.

Steve mange son hot dog la tête dans la lune, le cul sur le divan.

Kevin se poste en face de lui.

— P'pa ?

— Mmm ?

— J'veux qu'tu m'apprennes à lutter.

Steve rit, mais Kevin insiste.

— Sérieux, p'pa. J'suis sérieux.

— Ben voyons, t'es-tu vu ?

— J'VEUX QU'TU M'APPRENNES !

—

Louise à la porte, éméchée, échange quelques mots avec les policiers.

Le chaos transpire dans toute la maison, mais l'armistice est signé pour la soirée.

Roxane va se coucher.

—

— Ayoye!

Steve maintient Kevin par terre. Kevin force pour se relever.

— Là, tu feintes. Tu tasses ta tête de même, pis bang! tu t'relèves.

Les deux gars sont debout dans la cuisine.

— Pis là, yang! dans les cordes, fort, de toutes tes forces!

Kevin se jette sur son père de tout son petit corps tendu, Steve joue le jeu et, comme s'il était propulsé, se garroche à l'autre bout de la pièce et s'étale de tout son long.

— Ah! J'suis K.-O.!

Kevin lève les bras en l'air.

— WINNEEER!

ПЯТЬ (5)

CHAMBRE DE ROXANE.

Regard sur le cadran. Fuck. A l'a pas réveillée. Encore.

Fait noir dehors. Fait noir en dedans.

Roxane se lève, la couverte sur les épaules. Ouvre sa porte. Traîne ses pas dans le salon froid.

Des bières éparses et sa mère aussi.

Roxane approche sa main de sa bouche, proche. Un temps. Est vivante.

Remonte le drap sur elle et retourne se coucher.

La pointe des jupes lui chatouille le visage. Mélissa est assise dans la garde-robe au milieu des tissus. Respire un grand coup.

Les odeurs partent aussi.

Mélissa glisse ses pieds dans les souliers noirs. Les souliers de femme. Meg les mettait les soirs importants. Sa fête, Noël. Ou des fois ça lui tentait d'les mettre pour aller prendre un café chez Sandy, ou juste pour aller faire l'épicerie. Ça, ça voulait dire qu'était de bonne humeur, pis qu'y fallait y aller avec elle parce que ça serait l'fun. Quand Meg mettait ses souliers noirs, ça voulait dire qu'on s'arrêterait au parc courir après les pigeons pis leur garrocher des insultes, on partagerait un pudding chômeur avec une seule cuillère chez Clo en buvant du café même si elle a pas l'âge, on rirait des passants en leur inventant une vie pas d'allure, pis on piquerait une course jusqu'à l'épicerie. Mélissa dépasserait sa mère parce qu'avec les souliers noirs on court pas vite mais on court joli. À l'épicerie, Meg s'accrocherait derrière le panier pis Mélissa pousserait en courant. Elle voudrait aller vite pour que sa mère rie plus fort, alors elle s'essoufflerait jusqu'à l'allée des surgelés où on se concentrerait un instant pour trouver les pizzas pochette pis les pogos pour les gars, pis on repartirait en roulant. Si sa mère était ben en forme on achèterait une boîte de fudges, pis on les mangerait tous sur le balcon à quatre en silence pis vite pour pas que ça coule partout. Mais ça coulerait pareil.

Mélissa sort de la garde-robe, les souliers dans les pieds. Y manque pas grand-chose pour qu'y lui fassent parfaitement. Se regarde dans le miroir. Fait quelques pas. Traverse la chambre une fois, puis une deuxième, en se dandinant. «Bonjour, salut, oui un pudding chômeur une cuillère un café s'te plaît!» entre ses lèvres renaît Meg un instant, Meg légère et féminine, Meg rieuse et en souliers noirs.

— MÉÉÉL!

La voix des gars dans la cuisine.

— MÉÉÉL! J'ai faim!

Mélissa sort, les souliers aux pieds. Elle prépare du gruau pour les gars et chaque clac de soulier entre le frigo et le four, entre le four et la table, chaque clac lui pose un baume au cœur.

—

Cour d'école.

Accotée contre un mur, les yeux dans l'ailleurs, Roxane dialogue à demi-lèvres dans une langue inventée.

Des enfants lui jettent des mots et des cailloux.

— A dit qu'est Russe!

— Pourquoi t'es pas là-bas d'abord?

— Parce que j'ai déménagé ici.

— T'es folle.

— Non.

— Oui. T'es folle.

— R'tourne donc dans ton pays, crisse de folle!

— … OK.

—

Mélissa en running shoes porte un foulard bien noué à son cou.

Elle passe par le chemin des putes. Ralentit le pas en face d'elles. Attrape le regard de sa mère.

Les chars filent entre elles, comme pour rappeler l'espace qui les sépare. Les cinquante mètres qui les arrachent l'une à l'autre. Quand une voiture passe, Mélissa plisse les yeux et aiguise le regard pour attraper tous les petits bouts d'sa mère qui restent attrapables.

Derrière les vitres, par-dessus l'épaule du chauffeur, une épaule – une hanche; derrière les roues qui filent, flous, un mollet – une cheville.

Quand y a un vide de voiture, elle regarde sa mère au complet.

Aujourd'hui elle a quelque chose pour elle.

Dans le creux du caniveau sous un pneu au repos, elle dépose une enveloppe.

—

Meg a attendu que sa fille s'éloigne. Le regard fixé sur le blanc du papier pogné dans l'gris d'la rue, elle a traversé. Dans sa main elle tient l'enveloppe. Un peu de sa fille. Elle tient l'enveloppe encore un temps avant de l'ouvrir. Puis, du bout des doigts, elle l'ouvre. Elle s'accroche dans ses ongles roses. Elle tremble.

Des lettres attachées. Belles. Elle écrit bien.

« Ton chum est parti. On est tout seuls à la maison. »

Dans sa main elle tient la lettre. Y est parti. Sont tout seuls. Fuck.

Fuck fuck fuck.

Y vont s'faire pogner hostie, c'est sûr. Y vont les placer tout croche pis ben loin, fuck FUCK!

—

La bibliothèque blanche sous les néons d'école. Au centre, l'allée « Monde ».

Roxane cherche. Ses doigts longs frôlent le coin des livres. Frrrrrrrrrrr.

Seule au milieu du Monde Roxane se cherche.

Seule au milieu de l'allée Roxane tombe.

—

Madame Bilodeau est penchée sur elle. Elle a stoppé sa lecture juste quand James s'approchait des lèvres de Mia, à la page 42, quand Roxane s'est écroulée au milieu de l'allée dans un bruit sourd. Sa face est penchée sur Roxane, les yeux inquiets. Ses deux mains glissées sous sa tête, qu'elle soulève doucement. Roxane est bien, comme ça, couchée dans son allée avec madame Bilodeau.

— Ça va, Roxane?

— Bien.

— Tu te sens comment, là?

— Mieux.

— Qu'est-ce qui s'est passé exactement?

— J'avais le vertige.

— Tu t'es évanouie?

— C'est le mal de mère.

— ... Pour avoir le mal de mer faut être sur l'eau, Roxane.

— Non.

— Non?

— J'ai toute l'eau du monde en dedans. Tu l'savais pas?

Au milieu de la bibliothèque énorme, entre mille histoires en entrepôt, deux naufragées. Un instant bref dans une allée du Monde.

—

Steve marche sur Ontario, le froid au ventre.

Ce froid-là rentre en dedans comme si y était chez lui. Y a rien à faire, t'as beau avoir quinze épaisseurs y traverse ça sans s'gêner.

Steve rentre dans une Patate. Se rend au comptoir.

— M'a prendre un café.

La serveuse lui sert un café noir dans un verre en styrofoam.

— Merci.

Il ajoute du sucre.

À la serveuse :

— Cherchez pas personne pour les livraisons ?

Elle remue la tête.

Steve boit son café, paye et s'en va.

Roxane, incrédule, tient dans ses mains un violon comme elle tiendrait une braise ardente.

— T'es contente ?

— Oui.

— Mon fils en joue plus. Y en a jamais vraiment joué. C'est moi qui voulais qu'y... en tout cas. Toi, t'aimes ça le violon, hein ?

— ...

— Va falloir qu'on te trouve des cours, maintenant. Tu peux le toucher. C'est à toi.

Roxane porte le violon à son ventre.

Le serre contre elle comme une bouée.

— Merci.

Cinq heures. Est en retard, la p'tite.

À ce moment-là, des pas dans l'escalier. Louise sourit. Est une crisse de mauvaise mère, mais est une mère pareil qu'a s'dit. Ça y pourront pas lui enlever.

Elle a bu rien que deux bières. Trois peut-être.

— Allô ma puce.

— Allô m'man.

Roxane tient serré contre son ventre l'étui noir.

— C'est quoi?

— Un violon.

— Un violon?

— C'est la bibliothécaire qui me l'a donné.

— Pour quoi faire?

— Pour jouer.

— Fais voir.

Un temps. Respire. S'approche. S'agenouille. Pose l'étui par terre, délicate.

Louise, saisie de la fragilité du moment, s'agenouille aussi, maladroitement.

Les deux femmes en face l'une de l'autre, au milieu l'étui noir que doucement Roxane ouvre.

Apparaît le violon. Comme un rayon grafigne le gris de la pièce, une cicatrice à la laideur de leur vie, les deux femmes regardent l'objet parfait.

Trop beau pour elles. Trop propre, trop brillant, trop lisse.

— Toi ça tu vas jouer de t'ça?

Roxane regarde sa mère au fond d'elle. Regarde sa mère, dans ses yeux son reflet.

Roxane se regarde. Se regarde.

— Toi ça tu vas jouer de t'ça?

— Oui.

Mélissa est assise en face du professeur qui cherche en vain à accrocher son regard.

Sous la table Mélissa a croisé les pieds. À ses souliers noirs oscillant nonchalamment, elle jette des coups d'œil furtifs.

— Pis à la maison, Mélissa, comment ça va?

— Tout va bien.

— Tout va bien?

— Oui.

— Regarde-moi dans les yeux, Mélissa.

— …

— Tu t'es maquillée?

Silence.

— Oui.

—

Steve marche toujours sur Ontario. Traverse un noyau de putes. Sont déjà toutes là. Doit approcher cinq heures. Les putes sont l'horloge de l'est d'la ville, qu'y se dit. Eastern time. C'pas toujours fixe, mais c'est toujours là. Ça le fait sourire.

Elles lui donneraient bien un peu d'chaleur mais ça ferait encore plus mal de retrouver l'frette après. Y l'sait trop ben… Un corps de fille, lui, ça le chavire.

Y passe devant l'garage.

C'est Tony qu'est là. Y attend les chars en lisant le journal. Y en a un qu'arrive. C'est Michel avec sa vieille Mustang bleu poudre. Est écœurante, pareil. Elle a une odeur spéciale, une affaire juste de son temps, quelque chose de rassurant qui sent l'époque, qui sent le bon vieux.

Tony l'appelait pour tanker quand c'était celle-là qui rentrait parce qu'y savait que c't'odeur-là lui contait des histoires. Steve s'en va avant que Tony le voit.

Y marche vite jusqu'à la maison.

Fait vide pis frette en dedans aussi.

Y s'ouvre une bière.

—

Kevin monte les escaliers en trombe, la toune de son jeu dans le ventre, un beat d'action plein de suspense : il est poursuivi, il se glisse d'un palier à l'autre, se plaque sur les murs, regarde à gauche, à droite, monte les marches quatre par quatre, fonce dans le grand gars qui collecte les loyers.

— S'cusez !

Le grand gars qui collecte les loyers sort de chez Mélissa. Il rattache un bouton de chemise, remet son manteau.

Par l'embrasure de la porte, Kevin aperçoit Mélissa habillée en dentelle comme dans l'annonce de l'abribus. Elle l'évite : son regard tombe à terre et Kevin le suit.

— T'as des beaux souliers ! il lui dit.

Mélissa ferme la porte.

Kevin reste face à face avec le grand gars qui collecte.

— Ton père est tu là ?

— Non. Y travaille. Toi, ton père est tu là ?

Kevin flye à la porte d'à côté, glisse sa clé et en deux temps trois mouvements se retrouve en dedans.

Soupir de soulagement. Il a échappé au méchant.

—

— Salut p'pa !

Kevin saute sur son père, prend sa voix des grands soirs.

— Il saute sur lui, mesdames et messieurs, oui, il va le clancher…

— Arrête…

Kevin continue, explosif.

— Et WonderKev attrape Big à la gorge et le…

— ARRÊTE TABARNAK!

Kevin arrête, surpris.

Renifle. Mordille sa lèvre.

Va au frigo, se sert un verre de Coke.

Revient s'asseoir au salon, ouvre la télé.

— Ferme ça.

Kevin se retourne vers Steve.

— Ferme ça, j'ai dit.

— Pourquoi?

— Envoye. T'as des devoirs à faire? Des choses qui rendent intelligent, des affaires d'école? Fais-lé.

— Ben, j'vas les faire après, je…

Steve ferme la télé.

— Tu vas les faire tout' suite. C'pas d'même qu'tu vas devenir bright! Tu vas faire quoi dans' vie toi, hein? Rester assis sur ton steak à regarder des p'tits crisses de bonshommes courir dans tous les sens? Pratiquer ta technique de tirage de faux monde, avec un faux gun dans une fausse apocalypse de marde? Hein? Ben bright, ça. Envoye, bouge!

Kevin saigne des lèvres.

Ne bouge pas.

— BOUGE!

—

Y est tard.

Silence dans l'appart.

Le sang a séché sur les lèvres de Kevin. Appliqué, il dessine.

Entend pas Steve s'approcher.

Par-dessus son épaule :

— ... C'est ça tes affaires d'école ?

Kevin sursaute, se retourne vers lui. Steve, maladroit, se racle la gorge.

Kevin le regarde. Le trouve abîmé. Fatigué. Ses yeux tirent par en bas. C'est la première fois qu'y le trouve vieux.

— ... Regarde-moi pas d'même !

Kevin retourne à son dessin.

Steve reste derrière lui. Y cherche ses mots.

— ... C'tait quand, ça ?

Kevin reste le nez collé à son dessin.

— ... La demi-finale. Quand MadMax t'avait garroché dans l'coin droit.

— Ben, j'étais revenu après !

— ... Je l'sais...

— Tu l'dessines pas, ça ?

— Non.

Un temps.

— Faut qu'tu t'couches, mon homme.

— Mmm.

Silence.

— Vendredi, si ça t'tente, tu viendras au match.

Kevin relève la tête, mais ne regarde pas son père.

— OK.

Steve ferme la porte.

шесть (6)

PETIT MATIN. Mélissa part plus de bonne heure qu'avant, parce que des fois très tôt y reste des putes sur le coin de rue. Peut-être qu'elle va encore être là. Les petits la suivent en silence, y dorment encore dans leur grosse doudoune, y traînent leurs pattes à terre, ça laisse des traces d'escargot.

Elle est là, de l'autre bord des cinquante mètres légaux. Mais elle la regarde pas. Mélissa ralentit un peu. Elle aimerait juste ça qu'elle la regarde une miette, rien qu'un peu, juste, t'sais, qu'elle la regarde…

Non. Elle lui fait dos. Comme si elle l'avait pas vue. Si elle pouvait traverser elle lui cracherait dans face ou ben elle lui mordrait le cou parce que dans son cou, ça sent bon, tellement bon.

Crisse de cinquante mètres.

Mélissa avale sa salive. Redresse la tête, avance, « envoyez les gars ! »

Dans l'élan, ses yeux effleurent le blanc dans le gris. Sa lettre. Elle l'a même pas ramassée.

Se penche, la prend, l'ouvre.

Trouve deux 20 piasses pis un mot.

« Fais comme si j'étais là. Pareil. Occupe-toi des gars pis si quelqu'un appelle, dis qu'y s'est trouvé une job pis qu'y est pas là pour le moment pis que toute va ben. Dis pas que t'es tout seule.»

C'est la première lettre qu'elle reçoit de sa mère.

Elle la relit.

«Fais comme si j'étais là. Pareil. Occupe-toi des gars pis si quelqu'un appelle, dis qu'y s'est trouvé une job pis qu'y est pas là pour le moment pis que toute va ben. Dis pas que t'es tout seule.»

J'suis pas tout seule.

OK. OK, m'man.

De l'autre bord Meg s'est retournée. Un gros truck est passé.

Après lui, Meg était pu là.

«Let's go les gars, come on!»

Les escargots avancent en bâillant.

Mélissa, la main au fond d'la poche, la lettre au fond d'la main, va à l'école.

Steve s'est mis une ceinture pour tenir son pantalon et a ciré ses chaussures. Ça lui a sali les doigts pis une seconde (pas plus) y a été (un peu) ému.

Là y s'tient droit devant un grand gars carré qui regarde à côté quand Steve parle.

Steve est nerveux, mais essaye que ça paraisse pas.

— Ben, j'ai d'l'expérience avec les chars, j'travaille dans un garage depuis longtemps, j'suis bon en mécanique, je…

— Tu vois-tu un lien entre les chars pis les souffleuses, toi?

— … Ben, ça roule, j'veux dire, c'est… j'aime ben les tempêtes, je… j'en deal des pas pires…

La blague tombe à plat, le gars la voit même pas.

— Nos gars sont expérimentés avec les grosses jobs de nettoyage, manœuvrer un engin d'même c'pas comme s'affairer sur un char... faut qu'tu commences en bas d'l'échelle.

— OK, c'est quoi l'bas d'l'échelle ?

— Ben pour le moment y a pas d'place.

—

Roxane sort de la bibliothèque. Croise Mélissa dans le corridor.

Elles se regardent et savent qu'elles seraient moins seules à deux, mais ni l'une ni l'autre ne sait à quoi ça ressemble, un lien.

— Salut.

— Salut.

Alors elles ne font que se croiser.

—

À l'école y lui ont trouvé des cours de violon. C'est supposé être juste pour les normaux. Mais y ont fait une exception. Pour elle. Le prof s'appelle Carol. Il connaît Chostakovitch et était bien surpris qu'elle le connaisse aussi.

Le midi elle va pratiquer pour rattraper les autres. C'est sur le même étage que la bibliothèque. L'étage des classes normales. Elle devient normale de midi à une heure, tous les jours.

Faut pratiquer beaucoup, parce que bientôt y va y avoir un concert.

Un vrai. Avec des invités.

—

Un bar-poker. Dans l'écume épaisse de la cuite de la veille, des gars se cachent derrière leur verre et échappent leur vie dedans.

Steve se tient droit devant le comptoir, fixe un Latino pris dans son t-shirt serré, aimerait ça qu'y lui raconte son pays un soir, sur le coin du bar, s'y s'en rappelle.

— T'sais-tu passer la moppe?

Il a perdu son accent. Ou y l'a juste oublié.

— On a besoin d'un gars d'plancher…

— Oui. Oui, j'sais passer la moppe.

— De nuit.

— … De nuit j'peux pas, j'ai…

— C'est ça qu'on a besoin.

— C'parce que j'ai un gars, j'suis tout seul avec, j'pas pour le laisser toutes les nuits, y…

— C'est ça qu'on a besoin.

Steve sort.

Dans la rue y traverse le noyau de putes. Y est six heures. Besoin de tendresse.

— Meg?

Sa voisine. Reste juste ses yeux. Était belle avant.

Y partent ensemble.

—

C'est slotchy à terre, Mélissa a les pieds tout trempes pis son pantalon est en train d'absorber le mouillé d'la rue au complet.

Sa mère est absente du noyau d'putes. Mélissa les regarde une à une.

C'toujours les mêmes qui sont là, qui s'tiennent serrées. Comme une gang de rue d'filles. Y en a une qui a proche de son âge. Est toute maigre, on dirait avec ses longs talons une cigogne maganée. Elle la regarde aussi. Mélissa crache à terre. L'aime pas c'te fille-là. P'tite pute.

Elle glisse une nouvelle enveloppe sous le pneu pis s'en va en regardant l'autre dans les yeux.

—

Fait noir sur Ontario. Meg est gelée.

A d'la misère à ouvrir l'enveloppe, ses doigts shakent trop, elle demande à la p'tite de l'aider.

La cigogne prend l'enveloppe, la déchire, sort le mot, le lit à Meg :

« J'arrive pas à partir la machine à laver. »

La cigogne relève ses yeux sur Meg.

— …

— Donne-moi une smoke.

— Tiens.

— Merci.

Meg arrive pas à tenir la smoke dans ses mains.

La cigogne la fait fumer. Puff par puff.

— Veux-tu que j'réponde pour toi ?

Meg hoche la tête.

—

Steve enfile ses collants devant le miroir.

Kevin est assis sur le bord du lit, les pieds qui remuent dans le vide. Y regarde le reflet de son père dans le miroir.

Steve enfile son t-shirt moulant, ajuste les manches.
— Y a rapetissé ou quoi, ton top, p'pa?
Steve le regarde, surpris.
Se regarde à nouveau dans le miroir.
— Ben là.
— ... Sais pas.
— ... Fuck.
Steve se regarde, rentre le ventre.
— Mets la cape.
— Hein?
— Mets la cape par-dessus, ça va p't'être moins paraître?
Steve sort la cape de l'armoire. La passe par-dessus ses épaules. L'attache.
— Pis?
Kevin approuve.
— C'est mieux.
Silence.
— P'pa?
— Non, mon homme. Pas assez d'cash.
— Mais tu m'avais dit!...
— Hey. La semaine prochaine.

—

Vu par la fenêtre, Big dans la rue sous la neige a l'air tout petit, même avec sa cape on pourrait lui piler dessus. Kevin souffle chaud sur la vitre et dans la buée dessine un fuck you.

—

Dans un coin de ruelle, sur un bout de marche, Meg dicte à la cigogne qui s'applique à écrire :

— Tu mets le linge en premier. Le blanc d'un bord, les couleurs à part.

— Attends, pas si vite, là !

— …

— … les cou-leurs – à – part… OK, après ?

— Tu mets le liquide bleu dans la petite cuve… celle à droite.

— … dans la pe-ti-te cu-ve…

— À droite.

— À droi-te.

— Ferme bien la porte pour que…

— Fer-me bien la… ça va, Meg ?

Dans un coin de ruelle, le jour tombe. Deux restes de femme font leur lavage.

—

La salle du sous-sol d'église est pleine. C'est une soirée importante. Big affronte un jeune nouveau, FastAss, au cul rebondi et à la gueule de champion. Deux mères en jogging se partagent une cigarette en brassant leurs poussettes, des ados font tourner hot dogs et liqueurs entre deux frenchs qui réchauffent l'atmosphère, des vieux chums aux bedaines moulées cognent leurs verres dans un clic mou de plastique, à la santé de Big. Lui, dans les coulisses, attache ses lacets. The Master s'approche.

— Y a un nouveau plan d'match, mon Big…

—

Cours. Cours. Cours. Kevin traverse la rue Hochelaga, passe entre deux chars, coupe le noyau de putes en deux, s'enfarge, se relève. Cours. Cours. Cours.

—

Sur le ring, The Master en camisole noire annonce le match.

— YOOOOOOOOOO!

Autour du ring ça applaudit, ça siffle, ça crie.

— ON EST EN FOOOOORME?

Les cris montent d'un cran, la musique suit.

— OK, ON NIAISERA PAS LONGTEMPS C'EST PAS NOTRE BUZZ, MESDAMES ET MESSIEURS, APPLAUDISSEZ RIGHT NOW, NOTRE MAGIC CHAMPION… L'INCROYABLE BIIIIG!

Derrière un nuage de fumée, sous un éclairage rouge sang, porté par des accords destroy: Big entre en scène. Il marche d'un pas solide, attrape quelques poignées de mains autour du ring avant d'y grimper. Tour de piste, la cape au vent, il est acclamé.

— YEAH! ET CE SOIR, POUR AFFRONTER NOTRE BIG NATIONAL, ACCUEILLEZ MESDAMES ET MESSIEURS UN NOUVEAU VENU, FASTASS!

Du haut de l'église résonnent les cloches: le match commence.

La porte du sous-sol s'entrouvre. Kevin s'y faufile. Toute l'attention est sur le ring. La grosse caissière regarde ailleurs, The Master est sous le projecteur. Ni vu ni connu, Kevin se glisse dans la salle sans payer.

En sueur. Heureux. Y a rien manqué.

Le match peut commencer.

DING-DING-DING

La musique fade out, la foule est ploguée sur le ring.

— LET'S GO BIG! CRISSES-Y EN UNE BONNE AU P'TIT JEUNE!

—

D'un geste brusque Meg enfonce la seringue au creux de son bras. Un temps. Sa tête vers le ciel.

Un soupir qui traverse la rue.

Mélissa plaquée contre un mur aimerait s'y fondre, devenir de brique rouge.

De l'autre côté de la rue l'ombre de sa mère et ce bras empalé.

Ce bras-là qu'elle voudrait pour elle. Qu'elle attend patiemment, tout le temps.

Ce bras brisé effilé piqué vidé.

Mélissa vomit sur ses souliers noirs.

—

Sur le ring, Big et FastAss s'haïssent à coups de gueule et de faux sang.

La foule est en délire.

— BIG, BIG, BIG! COGNE-LÉ! COGNE-LÉ PLUS FORT!

On gueule à la mort, on vide sa semaine à pleins poumons, on s'bat sans s'battre, de toutes ses tripes, de toute sa hargne accumulée – on a les winners qu'on peut ou ben on crève.

C'est l'party pis recommande un hot dog, Big va clancher à soir.

—

Meg s'écroule sur le trottoir. Un bruit sourd, pas un cri, rien.

Elle s'écroule en silence et c'est bien pire.

Mélissa de l'autre côté traverserait la rue soulèverait sa mère la remettrait debout la regarderait dans les yeux lui demanderait ça va ?

Mélissa de l'autre côté tourne le dos et rentre chez elle laver ses souliers noirs.

—

Big manque une prise, mange un coup en pleine face.

Kevin oscille, reçoit l'coup lui avec.

La foule réagit à coups de tabarnak pis Big se retrouve plaqué sur le tapis.

— COME ON, BIG ! LÈVE-TOI ! CRISSES-Y EN UNE !

Big se relève. Replace sa cape comme y faut sur ses épaules. Relève la tête vers le p'tit jeune. Se jette sur lui en gueulant.

FastAss réagit vite, esquive, se retourne, lui crisse un méchant coup de poing dans la face que la foule reçoit dans l'ventre, un fffff, comme une vague sur les lèvres humides de bière chaude, traverse la salle…

Big se tient la mâchoire.

Dans son coin du ring, à l'abri, The Master tripe. Son show fait d'l'effet. Ça y aime ça.

— MESDAMES ET MESSIEURS, BIG EST FATIGUÉ !

Kevin a chaud. S'essuie le front, ses lèvres sont mouillées – fuck c'est du sang – regarde sur le ring, come on, come on, LET'S GO BIG! TUE-LÉ HOSTIE! T'ES CAPABLE!

Big se relève, en mode projectile. Se jette sur FastAss et lui pogne la tête, lui tire les cheveux, le plaque aux cordes, la rage au ventre, y grogne, y lutte, y veut pas mourir – FastAss crie.

The Master siffle.

— COUP BAS! BIG! COUP BAS!

FastAss se tient la tête, prend la foule à partie, pointe Big dans son coin du ring.

FastAss s'amuse, Big, non.

Mélissa rentre dans l'appartement. L'envers a remplacé l'endroit.

Elle fait couler de l'eau chaude sur ses souliers noirs.

Dans la chambre, les deux petits dorment. Mélissa s'approche de leur lit. Ils dorment collés. Ont le visage tranquille et les poings serrés.

Ils rêvent peut-être. Ou pas.

Mélissa leur crache dessus. Une fois, puis deux.

On entend quelques «Bouh!» dans la salle...

Les deux adversaires sont envoyés chacun aux extrémités du ring. Silence.

Kevin sue du chaud pis du sang. Y a la chienne. Let's go. Let's go. Let's go. Fais-moi pas ça. T'es capable.

Les mots tournent en boucle dans sa tête.

The Master siffle et le match reprend. Big fonce à pleine tête sur FastAss, qui lui fait un crochet, l'envoie voler dans les cordes, la foule réagit, Big se ressaisit, saute sur FastAss.

La foule est en délire et l'œil du Master brille entre les cordes.

Big pogne une chaise et de toutes ses forces en sacre un coup, deux, trois, à FastAss, dans la gueule, sur le dos, dans les côtes tiens! tiens! tiens! La foule réagit, frénétique. FastAss se pousse, arrache la chaise des mains de Big, la jette dans la foule, se lance sur Big, le jette à terre et saute sur lui à pieds joints, saute saute saute…

Dans la foule on compte : UN, DEUX, TROIS.

Kevin la bouche en sang gueule tout ce qui lui reste LET'S GOOOO BIG! LÈVE-TOI!

Big lève la tête, réussit à se lever. FastAss se jette dessus, l'empoigne par le cou, l'immobilise.

Kevin fige. Quelque chose comme la fin du monde.

—

Les souliers trempent dans le lavabo de la cuisine. Mélissa a vidé le contenu des armoires par terre.

Au fond des sacs vides elle cherche. Ne trouve rien.

Ouvre le frigo. Prend le pot de mayo.

S'assoit à table et finit le pot de mayo à la petite cuillère.

Mélissa ne pleure pas.

—

Nuit rouge sur Ontario, Kathy se fait ramasser par un caïd enragé.

Y la retient par les cheveux, la tête penchée par en arrière, le visage crispé, elle crie, Kelly se jette sur lui, le mord, mais y est tellement plus fort, y la repousse, elle s'écrase à terre, les chiens jappent dans tous les sens, le gars serre son poing pis fesse, y fesse dans le ventre de Kathy, une fois deux fois trois fois, Kathy crie, puis étouffe, avale chaque coup ; Kelly pleure, pétrifiée devant le spectacle. Le gars pousse Kathy qui s'étale par terre les mains en nœud autour de son ventre en feu. Kelly se jette sur elle avalée par ses sanglots, elle la caresse vite et partout, l'embrasse par petits baisers désordonnés, blessée, désarmée.

Les gens dans la rue ont continué à marcher. Sous les coups comme sous une pluie fine, ils ont pressé le pas.

Kelly tient Kathy dans ses bras.

FastAss sautille comme un coq autour de Big, immobile, les épaules basses, essoufflé…

The Master derrière son micro crie en écho :

— KILL ! KILL ! KILL !

La foule avec lui :

— KILL ! KILL ! KILL !

Bam ! Big se prend un coup de tête au ventre, il est projeté dans les cordes, puis envoyé au sol. Kevin regarde en silence.

Une voix quelque part : … LOSER !

Kevin reçoit. Comme un tir de M-16 en plein ventre. Il se retourne vivement, cherche d'où elle vient.

— LOSER !

Encore.

— LOSER!

Arrêtez.

— BIG, LOSER!

Kevin vacille.

La foule en rajoute :

— LOSER! LOSER! LOSER!

Il se bouche les oreilles.

Partout :

— BIG, LOSER! LOSER! LOSER!

Kevin regarde autour de lui. Ça s'peut pas. Big a jamais perdu. Big est un gagnant. Y peut pas perdre aujourd'hui, comme ça. Y peut pas.

— LOSER! LOSER! LOSER!

Kevin se mord les lèvres encore, est étourdi. C'est comme ça qu'ça arrive ? La fin des choses ?

— LOSER! LOSER! LOSER! LOSER! LOSER!

Ça tombe sur Kevin comme une bombe nucléaire. Achevé, il se retourne vers le ring. Ses yeux brûlants, ses lèvres humides, son front mouillé. Big perd. Il perd. Kevin le regarde. C'était la seule place où y gagnait encore. Y avait pas le droit de perdre. Juste pas le droit.

Le visage couvert d'eau et de sang, Kevin gueule à pleins poumons, plus fort que tous les autres.

— LOSER!... LOSER! LOSER! LOSER!

Big, retenu aux cordes, faible, se retourne vers Kevin. Le regarde. Droit dans les yeux.

Kevin soutient son regard et continue de gueuler.

— LOSER! LOSER! LOSER!

Larmes sur son visage enragé.

— LOSER! LOSER! LOSER!

FastAss envoie un dernier coup, fatal. Big s'écroule de tout son long. Il a perdu. La salle est euphorique, le champion est levé au ciel, pris en photo, le perdant est hué, et sous les cris de la foule et ceux de la musique killkillkill, sous le regard noir de Kevin, sa cape est arrachée et jetée par terre.

Kevin en rage en nage bouscule la foule arrache la cape aux mains anonymes et se précipite dehors.

Sur le ring, le vieux champion déchu l'appelle : Kevin !

Kevin court. Le plus vite possible. La cape rouge flotte au vent. Sur un mur derrière lui, un graffiti gueule que « les pauvres restent pauvres ». Dans sa tête un marteau « kill kill kill »…

Mélissa, en équilibre fragile sur ses souliers, descend les escaliers. Le visage pâle et le corps en dentelle, elle frappe à une porte. Le gars qui collecte les loyers ouvre. Regarde des deux côtés avant de la faire entrer.

Un fond de ruelle comme une pause. Dans la ville un corps long, insecte, qui lentement se recroqueville sur lui-même et pousse un cri rauque. Craque dans la nuit.

Meg.

Dans les coulisses, FastAss signe des autographes et enchaîne les high five. The Master lui apporte une bière froide. D'autres gars se préparent autour.

Dans un coin, assis sur un banc, Big défait ses chaussures.

Son maquillage a coulé sur son visage mouillé.

— Steve! Veux-tu une broue?

Steve ne répond pas. A le visage dur. Tendu.

FastAss ouvre sa bière, la cale.

— Laisse-le digérer sa défaite, c'pas facile revirer d'bord de même...

The Master lève sa bière vers Steve.

— À ta santé, man!

Steve reste penché sur ses souliers, les doigts mêlés dans ses lacets.

Silence dans les coulisses, les gros bras baissent la voix par respect pour le champion déchu. Steve haït leurs chuchotements. Il haït l'odeur de leur sueur pis leurs regards compatissants. Steve a honte. Une larme tombe sur ses souliers brillants. Steve se lève. Ramasse ses affaires. Et sort en silence.

—

Steve entre dans l'appart.

— Kev?

Il cogne à la porte de Kevin. Pas de réponse.

— Ouvre-moi, Kevin, là...

Pas de réponse.

Dans la chambre, les bruits de gun frénétiques. Rien d'autre. Steve est fatigué.

— Tabarnak, Kevin, hostie, c't'une game!... C'est la première fois que j'perds, là!... C'pas si pire...

Gun-gun-gun.

— … Pis j'me laisserai pas faire, hein… Tu vas voir au prochain match…

Silence.

Steve se prend le front, soupire. À bout. À bout de tout. Il appuie sa tête contre la porte barrée.

— Pis qu'est-ce tu faisais là anyway? Hein?…

Gun-gun-gun.

— … J'vas m'trouver une job, là, bientôt… Au garage, y ont dit qu'y allaient p't'être me reprendre… Ça serait pas pire, hein, Kev?

Gun-gun-gun.

— … Des fois, même, tu pourrais m'aider à tanker la Mustang bleue qui sent l'vieux!

Gun-gun-gun.

— Hein, Kevin?…

Gun-gun-gun.

Soupir.

— Tu vas voir, ça va être correct.

Gun-gun-gun.

— … On va être tous les deux ensemble… on va se t'nir…

Silence.

— … Ça va être correct…

Soupir.

— Kev, tu m'écoutes-tu, là? Hein?…

Pas de réponse.

Steve sacre un coup de pied dans la porte, s'éloigne.

Dans la chambre on entend les coups de gun qui reprennent de plus belle.

семь (7)

Y A DES NOTES DE VIOLON qui traversent le mur. C'est beau.

Mélissa, toute nue, est agenouillée devant la machine à laver, son petit papier déplié. Elle suit les instructions à la lettre. Elle laverait les vêtements du monde entier, son petit papier sous les yeux, la voix de sa mère dans chaque geste. Elle a même pas besoin de se forcer pour sentir l'effluve parfait des dimanches perdus.

—

La grande salle au bout du corridor. Quand Roxane marche vers son cours de violon, elle marche vite. Vole presque. Dans cette salle-là, y a le soleil tout le temps.

Sa place : toujours la même au milieu des autres, en avant. Ici elle a pas besoin de se cacher ni de s'enfuir, alors elle laisse la fenêtre pour les autres. « Bonjour, monsieur » au professeur qui place les lutrins dans sa chemise blanche impeccable. « Bonjour, Roxane. »

Lentement les autres élèves entrent. Les archets prennent leur envol, la musique naît et Roxane avec.

Dans cette salle-là, à ce moment-là, elle est comme les autres. Et elle voudrait que tout le monde le sache.

— C'est bien, Roxane. T'es bonne.

— Quoi ?

— T'es bonne.

—

Mélissa est assise devant le miroir de la salle de bain. Du maquillage étalé partout autour d'elle. Elle se colore la peau, puis les joues, les lèvres, les yeux…

Avec une voix qui s'éloigne de l'enfance elle se parle, appliquée à se transformer :

— Toute cachée derrière… on te voit plus… Est où Mélissa ?…

Elle se fixe dans le miroir.

— Pas là.

—

Ses longs doigts tout maigres ses ongles rouges cassés y a pu rien de femme là y a pu rien là que des os maquillés. Elle ouvre une nouvelle lettre laissée dans la craque de rue, boîte aux lettres des résidus.

« Reviens maman. »

Renifle.

Avale.

Froisse le papier. Le jette dans le caniveau.

—

— Maman, y va y avoir un concert.

— Hein ?

— À mon école, y va y avoir un concert.

— Ah. Tu veux y aller ?

— Ben non. J'vas jouer dedans, moi.
— Tu vas jouer dedans?
— Oui, moi pis plein d'autres gens de l'école, là, des classes normales.
— Ah ben.
— Y va y avoir des invités.
— Qui ça?
— Ben, les parents.
— Ah.
Silence.
— Tu vas venir?
— Ben, je sais pas, là.
— M'man. Faut qu'tu viennes. T'es mon invitée.
— J'vas venir. Oui, j'vas venir.

Steve sur le pas de la porte, la télé dans les mains.
— J'ai pas l'choix, Kev.
Kevin le fixe.
Steve baisse les yeux. Il sort.
Un trou béant dans l'appartement: y a plus d'écran.
Kevin reste paralysé au milieu du salon. Y a plus de fuite possible.

Kelly d'une voix rauque sur son bout de carton:
— Z'auriez pas ça un p'tit peu d'monnaie m'sieur?
Steve derrière sa télé:
— Qu'est-ce tu penses que j'fais icitte?...
Steve entre au pawnshop.

—

Un coin de la cour d'école. Des cris. Deux enfants qui s'arrachent des bouts de peau avec les ongles, qui se mordent à pleine bouche, qui pleurent ensemble et l'un contre l'autre, qui se détestent pour tout le reste.

Kevin se bat la rage au ventre pour tout ce qu'il n'est pas.

Un prof fend la petite jungle et accroche Mélissa par le collet, qui continue à cracher de tous bords tous côtés. Elle gueule qu'a va tuer, a va toutes les tuer, elle pleure, elle s'étouffe. Elle s'engouffre dans le corridor, soutenue par quatre bras solides.

Par terre, Kevin essuie les crachats dans sa face avec le dos de sa manche. Il saigne du nez.

Roxane s'avance vers lui, lui tend la main. Kevin se lève seul.

Il essuie son nez qui saigne. Crache aux pieds de Roxane et sacre son camp.

—

La directrice, l'œil contrarié, les lèvres pincées, tient le combiné et laisse sonner.

— Ça répond pas.

— … Y travaille, j'vous dis.

Mélissa tient sur son front une débarbouillette avec de la glace.

Ses pieds grouillent, elle veut sacrer son camp.

— Y travaille où ?

— … Dans les livraisons.

— Où ça ?

— … Les livraisons.
— Y fait des livraisons ?
— Oui.
— De quoi ? Où ça ?
— Je sais pas.
— Tu sais pas. Bon, là va falloir que tu m'aides Mélissa si tu veux que tout se passe bien pour toi.
— De patates.
— Hein ?
— Livraisons de patates.
— Y travaille dans un resto ?
— Oui. Mais je sais pas lequel.
Silence.
Mélissa se lève et part en courant.

— Rooooooox ! Ça fait, là !
Arrêt de l'archet. Suspendu aux volutes de fumée.
Un temps.
Dans le salon, la télévision. Un quiz avec des gens qui gagnent. Chanceux.
Retour en douceur de l'archet sur les cordes. Jouer petit, tout petit.
Un *si*. L'archet comme une vague au-dessus des notes, un *si* silencieux pour pas déranger, un *do* qui répond bas, un *sol* qui enchaîne en cachette, tout le morceau comme ça suspendu, les notes dans la tête, par-dessus les gagnants, par-dessus la fumée, par-dessus le monde, par-dessus la marde.

Mélissa ralentit sa course.

Sur le chemin elle dépose un mot dans la craque du caniveau. Celui d'la veille est plus là… regarde de l'autre bord. Pas une fille. Sont toutes occupées. Fait frette aujourd'hui pis l'gars a l'goût d'se faire aimer.

Y a pas de putes pour les p'tites filles. Poche.

восемь (8)

Le jour se lève sur Ontario.

Kelly pense qu'y aurait pu laisser faire.

—

Roxane se tient droite dans l'entrée, son manteau sur le dos.

— Ben, tu peux pas m'laisser toute seule de même!

Une épave en robe de chambre qui parle les yeux fermés.

— Ben, m'man, faut que j'y aille, j'ai dit qu'j'y allais.

— Tabarnak. J'ai besoin de toi, là.

Pas capable de cuver toute seule.

— ... J'vas revenir pas tard...

— Non! D'façon fait super frette dehors, là. Reste icitte Roxane... S'te plaît là... M'man a besoin de toi...

Roxane descend les escaliers.

— ... J'ai mal partout!

Roxane sort parce que son père l'attend. La voix de sa mère restera en écho dans son ventre toute la journée.

—

Y est magané.

Assis au bout du lit, son pantalon est trop court pis son chandail de laine a des trous.

Y est trop grand pour cette chambre-là. Y a l'air d'un kid en pénitence.

Les murs sont jaunes, le lit tout petit, mais y prend toute la place. Y a une table où y a mis son cendrier pis où y empile les *Journal de Montréal*, pis trois étagères où y a une boîte de biscuits, des photos, pis des dessins de Roxane.

Y en a encore pour plusieurs mois enfermé ici. Y s'donne une chance.

Pas encore mûr pour le vrai monde.

— Y fait noir à cinq heures, j'me couche dès qu'y fait noir, ça passe plus vite.

Roxane est assise au bout du lit.

— Ben, ôte ton manteau.

Elle enlève son manteau.

Marc regarde par terre.

— … Ça va, p'pa ?

Redresse la tête.

— Oui. Oui ça va aller… Y a du bon monde ici, cette fois-ci c'est la bonne… C'est la bonne.

— …

— Tu m'crois-tu encore ?

— Oui. J'te crois.

Silence.

— Ton bateau prend la poussière.

— Hein ?

— Ton bateau. Y prend la poussière.

—

C'est un épisode de *Lost* qui joue sur les télés. Kathy et Kelly aiment ça, elles suivent tous les épisodes. Même sans le son, ça se comprend bien. Une gang qui essaie de survivre. Difficile de faire plus simple.

Certains passants aussi s'arrêtent pour regarder, après un temps repartent.

Y doivent savoir comment ça finit. Qui qui survit.

—

Un coin de rue plus loin, Mélissa est assise sur le trottoir. Elle mange des graines de tournesol salées, crache l'écorce le plus loin possible dans la rue. De l'autre bord le noyau d'putes laisse couler l'temps en attendant l'client. Mélissa a mis son pantalon d'neige pour pouvoir traîner là autant qu'y faut.

Ça va faire six mots qui s'accumulent entre les craques du caniveau pis personne les ramasse.

Tant pis hostie. Elle va ben finir par les lire pis ça va lui en faire plus d'un coup. Comme un p'tit livre.

Meg est pas là ça fait un bout. Y a la cigogne qui jette des regards à Mélissa de temps en temps.

Mélissa essaye d'y cracher son écorce de tournesol dessus. Trop loin.

— Hey! Dis-y donc à Meg qu'al' a des mots icitte pour elle!

La cigogne se retourne. Les autres putes aussi.

— T'as-tu compris ou ben t'es sourde? Dis à Meg de ramasser son courrier! C't'important!

Les putes ont arrêté de parler pis regardent la p'tite dans son habit de neige mauve.

Silence.

La cigogne s'avance sur la chaîne de trottoir.

— Meg elle reviendra pas tout' suite.

Elle a une voix d'enfant.

— ... Est où?

— Elle va revenir plus tard. J'vas y dire quand a va revenir.

— ... Est où?

— Est malade, a s'repose.

— Où?

— ...

— OÙ?

Mélissa prend une poignée de tournesols, la garroche de toutes ses forces de l'autre côté d'la rue. Elle est rouge, a l'goût d'vomir.

— Tiens, bouffe ça! Bouffe ça!

Elle lance ses tournesols à bout de bras, une autre poignée, encore une autre, vide son sac.

Les filles la regardent faire en silence.

Mélissa pleure.

—

— Regarde, p'pa...

Roxane sort son violon de son étui.

Elle le porte à son épaule. Glisse l'archet sur les cordes. Un geste soutenu, gracieux. Une note, longue, parfaite.

Marc, les yeux collés à sa fille.

De l'amour dans ces yeux-là, quelque chose de rare.

Encore une note. Plus longue, plus belle encore.

Marc promène ses yeux du violon à sa fille, de sa fille au violon.

Sort sa tête dans le corridor.

— Hey, viens voir ça Jean-Luc! Ma fille, a joue du violon!

Roxane concentrée. Une autre note longue comme un fil, parfaite, effilée mais solide, tellement que tu pourrais y marcher sur la pointe des pieds sans tomber…

Lentement, les gars pénètrent dans la petite chambre.

Troupeau d'hommes écorchés, miettes de vie, guerriers de sous-sol, tous se laissent pénétrer par la lumière de l'instant.

Mélissa marche lentement. Elle s'est brisé une aile et rentre à la maison.

Roxane agrippée à son violon traverse la rue.

De sa chambre, Marc s'allume une cigarette et la regarde s'éloigner dans le soir. Pourvu qu'la vie en prenne soin. Accoté contre la fenêtre y a le vieux cadeau qu'elle lui a donné. Son petit bateau. Avec plusieurs voiles encore blanches. Marc prend le voilier dans ses grandes mains, souffle dessus. La poussière s'envole.

Doucement, il repose son bateau devant la fenêtre. Dehors, la tempête en bourrasques. Marc oriente son bateau le nez vers l'extérieur. Cap sur la tempête. Un temps.

Marc éteint et se couche.

Roxane pousse la porte du Bloc, y entre. Au loin, avançant sur le trottoir, elle reconnaît Mélissa. Elle a l'air petite dans le noir. On dirait qu'elle pourrait disparaître sans s'en rendre compte.

Roxane l'attend, lui tient la porte.

— Salut.

— …

Mélissa a les cheveux couverts de neige.

Elle remarque l'étui de Roxane.

— C'est toi qui joues du violon?

Roxane hoche la tête.

Elles montent les marches. Mélissa se tient à la rampe.

— Tu t'es fait mal?

— Non.

Elles arrivent à l'étage.

Roxane regarde Mélissa qui essaie de rentrer sa clé dans la serrure.

Elle y arrive pas. Elle tremble.

— Bientôt je fais un concert avec des invités. Tu peux venir si tu veux.

Mélissa réussit à rentrer sa clé.

Elle pousse la porte. Regarde Roxane.

Même ses yeux ont froid on dirait.

Elle rentre chez elle.

Roxane reste là un moment. Puis rentre aussi chez elle.

девять (9)

Il fait soleil. Un vrai matin d'hiver où le monde marche vite en regardant par en haut pour avaler quelques rayons. Mélissa avance vers l'école, les petits accrochés à son manteau.

Le carré des putes est vide. Meg doit dormir. Mélissa pense à sa mère qui dort.

Les mots sont plus dans les craques du caniveau.

Yessss!

—

Pour une fois tout le monde se retourne vers elles. Kathy et Kelly. Elles existent un moment. Enfin un flash sur leur vie de rue, le temps d'un cri. Kathy est tenue les bras dans le dos par un policier qui lui met les menottes pendant qu'un autre retient Kelly, qui de rage flambe et se consume – LÂCHEZ-LA – Kathy est poussée dans la voiture – y disent qu'elle a tué – Kelly relâchée qui se rue aux fenêtres, C'ÉTAIT POUR MANGER! qui tremble – c'était pour manger – qui frappe de ses mains, de son corps, de sa tête, LÂCHEZ-LA – qui dans un râle s'étale au sol pendant que la voiture part avec Kathy, part avec ce qui lui restait de vie.

Une enfant recroquevillée sur elle-même pleure au milieu des chiens. Des regards l'effleurent en caresses puis disparaissent.

Aux cent écrans, l'épilogue de *Lost.*

Sur une marche de métal dans le creux d'une ruelle, Meg vomit. Entre ses doigts une bouillie d'enveloppes cachetées, bouts de papier mouillés de larmes séchées.

La cigogne est à côté d'elle, fume une smoke.

— J'voulais t'les donner pareil.

— J'veux pu les lire, hostie c'trop rushant!

Sa voix tremble.

Elle s'essuie la bouche.

— Ben arrête des lire, garde-les pour plus tard.

— Plus tard quand?

— Ben... plus tard.

— Quand ça ira mieux?... d'une petite voix.

— Ben oui. Quand ça ira mieux.

Silence.

— C'est pour mon concert, c'est important.

— Ben va pratiquer en bas, là j'ai mal à tête.

— En bas?

En pyjama, les pieds dans des bottes de plastique jaune, le violon dans une main l'archet dans l'autre, Roxane descend les marches de l'immeuble.

Derrière chaque porte une vie, qu'elle se dit. Laquelle?

Fait froid. Ouvre la porte du sous-sol. Fait noir. Descend.

Du béton gelé, des affaires empilées, des toiles d'araignées, son vieux Big Wheel en dessous d'une bâche moisie, Roxane le tire, s'assoit dessus. Pose sa partition à terre.

Bon.

Frissonne. Se redresse. Respire.

Do-do-la-mi-si...

Et joue.

Assise sur son Big Wheel, en pyjama, les bottes jaunes aux pieds, elle joue du violon.

Dans le noir des fondations froides d'un vieux bloc pourri, Roxane joue Vivaldi.

Elle est heureuse.

Au fond d'une ruelle une correspondance défroissée:

«Maman, je t'ai emprunté ton rouge à lèvres.»

«Maman, dans huit jours c'est ma fête.»

«Maman, dans la maison ça pue.»

«Maman, y a une madame de la DPJ qui a appelé, j'ai dit comme t'avais dit de dire.»

«Maman, est-ce que tu te rappelles la fois où j't'avais dit de fermer ta gueule? Je m'excuse.»

«Maman, y a Francis qui recommence à pisser au lit.»

«Maman, à l'école j'ai eu 8 sur 10 en maths pis dans la dictée aussi j'ai eu une bonne note.»

«Maman, chus malade, j'pense que je vais mourir.»

La porte de la chambre de Kevin s'ouvre doucement. Kevin en sort. La cape rouge sur ses épaules traîne à terre. La maison est silencieuse. Dans le salon, Steve s'est endormi. Kevin s'approche. Regarde son père. Kevin s'approche encore, doucement.

Lentement, il passe ses bras autour des épaules de Steve, monte sur lui. Puis se recroqueville en petite boule contre son torse, où il pose sa tête. Par-dessus leurs deux corps fatigués, il tire la cape rouge, comme une couverture. Et après s'être assuré que son père est bien abrié, Kevin s'endort à ses côtés.

Un temps.

Steve passe doucement son gros bras autour du corps frêle de son fils endormi.

—

Minuit. Kicke le Big Wheel en dessous de la bâche. Remonte les marches du sous-sol frette. Elle a bien pratiqué. Elle va être prête pour le concert. Elle passe devant la porte de dehors. Y a la lune en haut. Pas grand monde sur les trottoirs. Quelques putes au coin.

Y vente pis ça soulève la neige. Les putes sont là derrière les rideaux de flocons en petite jupe. Y ont l'air comme dans une boule de verre que tu brasses, comme des petits elfes en dessous de la fausse neige. Y a la mère d'la voisine qu'est là. A la reconnaît encore par-dessus ses os.

Roxane leur jouerait un concert juste pour elles. Un concert de putes, pour les filles perdues par une fille perdue. La musique serait juste à elles pis réchaufferait tout le monde. Même quand a serait finie la musique, elle resterait dans le ventre ou pas loin. Comme un feu qui rappelle que t'existes pis qui t'aide à passer la nuit.

Roxane monte se coucher.

десять (10)

Les p'tits frappent à la porte de la salle de bain, mais Mélissa répond pas. Y ont faim. Y ont chaud. Y puent. Y ont besoin d'elle alors elle reste enfermée. Aujourd'hui elle a pu rien à donner. Ça continue de frapper à la porte mais Mélissa reste figée devant le miroir.

Un espace tendu dans le temps. Comme si tout s'arrêtait.

Deux doigts rouges. Index et majeur.

Du sang sur ses doigts.

Petite dans la salle de bain grande. Ça frappe à la porte de plus en plus loin d'elle. Des coups, des cris étouffés.

Mélissa est toute seule et touche son sexe. Rouges, les doigts.

Mélissa dans le miroir. Elle a repoussé ses cheveux longs et se regarde enfin.

Yeux dans les yeux. Doigts sur sa bouche. Lentement. Colore une lèvre. Puis l'autre.

Rouges, les lèvres.

Mélissa est une femme aujourd'hui.

—

Ça grouille sur Ontario. Les bras pleins de paquets. Kelly à hauteur de sacs s'amuse à deviner ce qu'ils contiennent. Un pyjama. Une plante. Un livre. Du chocolat. Un bijou brillant. Une robe rouge. Une bouteille de vin. Du champagne. De la choucroute chaude. Un sapin avec des lumières. Un feu de foyer. De la musique. Kathy.

Un gun.

Dans la cour d'école, Roxane parle avec Anastasia. Elle commence à tout connaître d'elle. Elle la rejoint de plus en plus souvent. C'est avec elle qu'elle est bien.

Roxane reçoit un coup derrière la tête.

Ça fait rien. Elle continue sa conversation.

Dans la classe de violon tous les élèves sont attentifs aux instructions. Le concert approche et le professeur en chemise blanche fait passer une feuille où on écrit le nom de ses invités. C'est au tour de Roxane. Maman, Papa… Anastasia.

Elle a ses invités, comme tout le monde. Elle est comme tout le monde.

La tête lui tire. Pourtant aujourd'hui elle a pas bu.

Attablée, Louise coupe des oignons. Aujourd'hui elle cuisine pour sa fille, ça fait longtemps. Elle se rappelle même plus quand. Roxane dans sa chambre joue du violon. La même note tout l'temps on dirait.

Un pâté chinois.

Ayoye... Comme des crampes dans sa tête, ça part du milieu pis ça fait l'tour au complet. Faut qu'a s'rappelle comment faire – les oignons – y avais-tu des oignons? Elle coupe en morceaux fins. Sa tête lui tire. Le couteau tombe, le ramasse, s'accroche le genou – câlisse – tout est compliqué – les oignons la font brailler, elle voit rien, la canne de blé d'Inde, l'ouvre-boîte, dans quel ordre?

La viande dans le congé – faudrait la sortir – ça élance dans sa tête – le violon – crisse c'est ben fort – elle veut pas crier – elle crie pas elle criera pas – la viande la viande le blé d'Inde OK le blé – échappe la canne à terre, tout' s'étale, une beurrée jaune sur le plancher...

Louise s'assoit. Entre ses lèvres, un tabarnak faible. Puis, la tête entre les mains, pleure. Pleure l'hostie d'blé d'Inde à terre, le pâté chinois raté, le crisse de violon qui la fait chier – pourquoi ça la fait chier? – pleure sa vie lette pis gâchée, les claques qu'elle a bouffées, la shit qu'elle a mangée, sa fille qui est tout croche à cause d'elle qui a tout' raté même son hostie d'pâté chinois...

— M'man?

Louise braille, la tête dans les oignons.

Roxane ramasse le blé d'Inde à terre.

S'assoit à côté de sa mère.

— M'man, c'pas grave, c'est bon aussi sans blé d'Inde...

— Nooon.

— Ben oui...

Des gros sanglots passent en vagues dans son dos.

Roxane pose sa main par-dessus, caresse les épaules de sa mère.

Un temps. Long.

Louise doucement relève la tête, renifle.

Les deux femmes se regardent.

Miroir.

Rate pas comme moi. Rate pas.

Roxane se lève, sort la viande du congé, sort le sac de patates, s'installe devant sa mère, lui tend un couteau.

— En premier ça prend des patates.

Louise s'essuie les yeux, tire une patate vers elle, commence à l'éplucher.

Roxane fait pareil.

En silence, Louise et Roxane coupent des patates. Parfois elles relèvent la tête et se regardent.

— Reptile et lenteur…

— Tortue ! Tortue !

Le vrai jeu c'est de répondre la bouche la plus pleine possible.

— Tu l'as eu !

— Yesssssss !

Devant un quiz poche animé par un gars qui sourit trop grand les filles mangent leur pâté chinois sans blé d'Inde avec trop de ketchup et c'est très bon.

Armée du Salut.

Marc dans sa petite chambre.

Un douze onces sur sa table à moins de trois pieds de lui – amère oasis. Marc ferme les yeux. Y a chaud. Y a froid. Y prend un grand respir.

Le bois qui craque, le souffle du vent, le feu rassurant – la mer – son odeur jusqu'à lui. Se sentir vivant. Tout ça lui manque tellement.

Résiste.

Sentir ses pas se poser quelque part, sentir qu'il fait partie du monde.

Bois pas mon tabarnak.

Marc tremble.

Le bateau sur le bord de la fenêtre.

Se souvenir de ses rêves – come on. Sa maison de bois au bord de la falaise perchée sur la mer fière.

Se sentir vivant.

Tout son corps en résistance tremble de désir et d'une peur immense.

Bois pas.

Bois pas.

—

Roxane tient le combiné à deux mains, bien serré, comme s'il pouvait s'échapper.

— Allô, p'pa?

— (...)

— Bien. Toi?

— (...)

— T'as l'air fatigué.

— (...)

— Tu t'en vas-tu de d'là bientôt?

— (...)

— Ah.

— (...)

— Hey p'pa, demain c'est mon concert, tu t'rappelles, hein?

— (…)
— Oui, demain. Tu vas venir, hein?
— (…)
— Oui, j'ai hâte!
— (…)
— Plein de morceaux.
— (…)
— Pourquoi maintenant?
— (…)
— OK.

Roxane pose le téléphone sur son lit et le violon à l'aube de son cou. Elle joue pour son père.

—

C'est beau le violon, peut-être qu'un jour elle va jouer elle aussi. De la musique romantique ou de la musique de film d'histoire, quand les gens dansent dans une grande salle avec des grandes robes pis des amours possibles pendant que dehors une guerre commence. Ou quelque chose dans le genre. Elle pourrait demander à Roxane de lui montrer les notes. Est peut-être bizarre mais est bonne, elle joue pour vrai.

Mélissa fouille dans une grande trousse, sort un bâton de rouge à lèvres. Rouge rouge rouge. Elle l'aime celui-là.

— Fuck!

Le rouge à lèvres lui pète dans les mains, elle a du gras rouge partout. Paraîtrait que c'est fait avec du gras de phoque… Mourir sur la banquise pour finir sur les lèvres d'une fille. C'est pas si pire comme destin, pareil.

Elle passe son index sur le rouge étalé et répand la couleur sur ses lèvres. Elle aurait aimé ça avoir des lèvres plus grosses que ça. Des lèvres de cochonne.

Avec le rouge c'est mieux déjà.

Sa mère aurait mouillé son doigt à elle et aurait essuyé c'qui dépasse.

Mais est pas là.

Le noir astheure. Autour de ses yeux bleus ça fait sévère. Elle a l'air d'une rockeuse.

Y a ses cheveux qui dérangent un peu. C'est des cheveux de bébé. Sont trop doux. Y la croiront jamais.

Elle les tire par en arrière. Une couette. Comme sa mère.

Comme ça, c'est mieux.

Y a pas de grand miroir, alors elle peut juste se voir par petits bouts, en morceaux détachés.

Lentement elle passe son petit miroir sur son visage. Ses grands yeux bleus sont maquillés de noir très noir, par-dessus pis par en dessous. Ses joues sont roses sur son visage pâle. Sa bouche est rouge et brillante. Elle a un peu moins l'air d'une enfant… en tout cas, dans le noir ça devrait aller.

Elle continue de promener le miroir. Elle a mis le petit haut de cuir à sa mère. Pis en dessous, des faux seins. Bourrés avec des pads. Ça marche.

La jupe est un peu trop grande mais sexy quand même. Y a les bas nylon qui sont moyens, y ont des mailles… Mais encore là, dans l'noir on s'en câlisse.

Lentement, elle porte le miroir jusqu'aux souliers. C'est les souliers noirs qui font tout. Brillants. Hauts. Des vrais souliers. Les souliers de Meg. Ses souliers maintenant.

одиннадцать (11)

STEVE ET KEVIN MARCHENT CÔTE À CÔTE. Kevin double ses pas pour suivre ceux de son père. Y aime ça marcher à côté de lui.

Au coin de la rue, y arrivent au pawnshop.

— Bye, p'pa.

— Bye.

Steve ajuste vite fait la tuque de son gars. Sort ses clés, rentre dans le magasin.

Ouvre les lumières.

Toc toc. Se retourne.

Kevin écrase sa face dans la vitrine, bave une grimace.

— Hey, tu salis ma vitrine!

Steve sourit.

— Envoye, scrame!

Kevin part en courant.

La vitrine du pawnshop est propre et un concierge passe minutieusement la moppe entre les écrans empilés où Superman sauve cent fois des vies qui comptent. Steve pose sa moppe pour le regarder faire. Un temps. Se penche, tire sur la plogue. Tout s'éteint.

Steve tord sa moppe à une main, et continue le ménage.

—

Roxane noue un foulard de tissu rouge sur sa tête. Comme Anastasia.

Elle laisse dépasser des petits cheveux.

Est belle. Elle se trouve belle. Sa robe longue tombe jusqu'à la ligne de ses souliers. Elle a tiré ses cils avec du mascara. C'est la première fois. Elle a lissé ses cheveux courts avec du gel pis elle s'est même mis du parfum de la petite bouteille de la salle de bain. Est belle. Elle se trouve belle.

Elle prend l'étui de son violon comme ça, juste pour voir quel air ça lui donne.

La robe, les souliers, le violon. Roxane sourit.

Faut qu'elle parte.

Sort de sa chambre.

La télé est éteinte. Elle se rappelle pas la dernière fois que c'est arrivé.

La télé est éteinte pis la douche coule. On dirait presque une maison normale.

Ce soir, c'est son concert. Son concert.

La télé est éteinte pis la douche coule parce que sa mère va venir pis qu'est en train de s'préparer.

Roxane dépose la photo d'Anastasia au fond de son étui à violon.

On y va.

La douche coule toujours.

Entrouvre la porte, nuage de chaleur: « M'man j'y vas, j'te garde une place... »

Petit oui sous l'eau, à tantôt...

Ferme la porte, sort dehors, le vent fait voler la neige et pose un voile blanc par-dessus la rue. Roxane passe à travers. Aujourd'hui y a pas d'autobus jaune, aujourd'hui elle se rend à pied jusqu'à l'école, aujourd'hui elle donne un concert.

Aujourd'hui, elle sait très bien où elle s'en va.

—

Y fait noir. L'air claque et les klaxons résonnent. Ça sent l'cul pis la bière.

On s'frenche pis on s'envoie des claques sur la Main illuminée.

C'est vendredi.

Tu te demandes où c'est qu'y ont pogné ce chiffre-là. 50. Pas le droit de s'approcher de sa mère à moins de 50 mètres. À 49 ça commence à brûler ? Elle s'enflamme, se consume ?

50. Mélissa a fait le calcul.

Couchée à terre, c'est à peu près 30 fois elle. Ben là, avec les talons, c't'un peu moins.

La craque à lettres est vide. Ses papiers blancs se sont envolés dans le vide du quartier, Mélissa se demande qui les lira.

De l'autre bord, est là. Y a un char qui s'arrête devant le groupe.

Non… monte pas toi. Attends-moi.

C't'une autre qui part. Ouf.

OK. Faut que j'marche comme du monde.

Mélissa prend un grand respir.

—

Dans l'amphithéâtre, toutes les chaises sont placées en ligne. C'est beau. C'est organisé. Y a déjà quelques personnes d'arrivées. Roxane monte sur la scène et marche entre les lutrins. Se retourne vers la salle, la lumière tombe sur elle comme si elle la reconnaissait. Dans une heure, elle va jouer là devant du monde, devant son père, devant sa mère…

Elle regarde la salle et choisit deux places, les meilleures.

Elle descend. Écrit, appliquée, deux « réservé » qu'elle pose sur les deux meilleures places de la salle. Pour ses parents.

La cheville serrée dans l'étau du soulier, clac sur le trottoir, le pied d'enfant tremble mais tient debout. Clac un autre pas posé, elle avance fragile la tête haute et les sourcils froncés. À 50 mètres de l'autre côté de la rue, elle se retourne lentement vers le groupe de femmes allumettes. Elle tremble mais elle est droite. Ses cuisses frémissent, ses chevilles sont tendues, ses lèvres crispées mais la tête haute, elle regarde sa mère.

— Hey crisse, c'est qui elle ?

Ça piaille rauque dans l'groupe : y a d'la compétition d'l'autre bord.

— Meg, c'pas ta fille ça ?

Meg se retourne. Silence.

Ses yeux bleus, grands, traversent les 50 mètres. Jusque dans ceux d'la pute de l'autre bord de la rue.

Hochelaga pour un moment s'arrête de grouiller. Ça crie plus, ça pue plus, ça brille plus de partout, c'est juste une nuit noire pis coupante où y a plus rien d'autre qui existe que ce regard-là.

Hostie… comme du vent entre ses lèvres sèches.

Louise, debout devant le miroir. Immobile. Comme un fantôme.

Blême. Des trous de tristesse sous les yeux.

Elle se regarde pis maudit qu'a s'trouve laide.

Elle a rien pour cacher sa face, ça fait longtemps qu'elle a arrêté d'se maquiller. Ça fait longtemps.

Elle braillerait ben mais y reste pu rien.

Elle boirait ben mais à soir elle a décidé qu'elle s'tiendrait.

Elle s'mouille les cheveux. Un peu, avec ses doigts seulement. Pis la tête tout au complet en dessous du robinet.

Elle se regarde. Se sourit faux. Part à rire. Claque la porte.

« Bon. Qu'est-ce que j'mets ? » Elle a pu rien qui fait. Est rendue grosse. Gros cul.

Elle sort une jupe. Y a l'air de faire froid dehors. Le vent froid sur ses joues – y m'semble que ça lui rappellerait qu'est en vie. Elle marcherait avec sa jupe pis un beau manteau – pis a dirait bonjour monsieur Gingras au voisin qui déblaye son char, salut madame Vigneault à sa voisine qui ramasse son courrier – pis aux putes elle dirait rien mais elle les regarderait parce qu'y fait crissement froid pis qu'entre femmes on s'soutient.

Elle marcherait d'même, d'un bon pas, jusqu'à l'école. Quand elle arriverait là-bas, elle sourirait au monde, même pas forcé. Elle dirait « maudit qu'y fait frette », comme tout l'monde dit, pis les gens d'l'école y s'diraient « ah ben, c'est elle la mère à Roxane », pis y seraient ben étonnés parce qu'elle aurait d'l'allure en maudit la mère à Roxane.

Pis là elle s'assoirait au milieu des autres mères, pis le spectacle commencerait, pis Roxane serait très bonne, pis le monde y dirait «est bonne, est bonne votre fille madame, est bonne!»

Elle, elle dirait «je sais».

—

Mélissa figée devant sa mère, chacune d'un côté de la rue. Sentir son odeur. Quelque chose d'animal guide ses pas.

Clac sur son bout de trottoir, Meg s'avance vers la rue.

Hey niaise pas tu vas t'faire embarquer crisse si tu traverses.

De l'autre bord Mélissa dans ses souliers ne tombe pas.

Viens maman viens maman viens maman comme une chanson dans sa tête.

Comme un animal blessé Meg traverse la rue sans tomber non plus.

40-30-20-10 mètres.

Devant sa fille. Les yeux dans les yeux.

Un moment long, en silence.

Puis des mots, comme un torrent tout croche, qui aiment et haïssent.

Va-t'en câlisse je t'aime j'ai rien chus lette t'es belle va-t'en crisse vite ste plaît bouge-toi sauve-toi – une claque dans la face, des larmes sur leurs joues, une main qui s'agrippe, ses ongles dans sa peau va-t'en pas, laisse-moi pas...

Un cri. DÉCRISSE!

Une enfant qui s'éloigne en courant, en volant, les pieds pris dans des souliers de femme, le maquillage traçant des chemins sur son visage.

Une mère brisée qui s'écroule par en dedans pis qui traverse en pleurant les 50 mètres à l'inverse comme un saumon vers son nid elle va retrouver sa vie.

La jupe est trop petite, câlisse. Son gros cul rentre plus dedans.

Louise s'assoit.

Le téléphone sonne.

— Allô ?

— (...)

— Oui, je l'sais là, c'est correct, j'partais !

— (...)

— En avant ? Ben là, j'vas trouver si t'as écrit « réservé ».

— (...)

— À tantôt.

Raccroche. S'affaisse en bobettes sur son lit. Elle a une place réservée.

Elle enfile un jogging. C'est laid mais elle a rien qu'à garder son manteau par-dessus, ça paraîtra pas. Faudrait au moins qu'elle s'attache les cheveux. Ça paraît bien les cheveux attachés. Roxane doit avoir ça des élastiques.

La porte de la chambre de la petite grince.

Louise entre. C'est rare qu'elle met les pieds là. À jeun, en tout cas. C'est beau. Y a des photos sur les murs. Des espèces de châteaux – veux-tu ben m'dire c'est où ça, on dirait le pays des merveilles, avec Alice pis tout'. Elle promène son regard. Y'en a tout plein, partout.

C'est tapissé du plancher au plafond.

Louise s'assoit sur le lit de sa fille. Y a une rivière collée drette sur la porte.

C't'apaisant, comme...

Elle tire les couvertes sur le lit défait. Faudrait ben qu'elle lave ces draps-là.

À côté du lit, des livres, et une boîte de tampons.

Une boîte de tampons.

Ah.

Louise se sent petite.

Elle braillera pas.

Lentement, Louise s'étend, le visage dans l'oreiller de sa fille, respire son odeur.

Sur elle elle remonte les draps.

—

Le soir est arrivé d'un coup sur le Bloc. Sur la rue en entier. Kevin et Steve sont côte à côte à la fenêtre. Steve sent encore l'eau de Javel de sa nouvelle job pis Kevin aime ça. Ensemble ils regardent en bas. La voiture attend. Mélissa embarque dedans. Manque juste le troisième kid, le plus petit. Y l'amènent, là. Y braille.

— J'espère au moins qu'y vont les placer dans l'même foyer.

En silence, Steve prend la main chaude de son fils dans la sienne.

—

Mélissa est fatiguée. Elle pleure pas. Crie pas. Elle est juste fatiguée. Mathieu s'était caché dans la garde-robe, en dessous des jupes de maman. Y l'ont trouvé pareil.

Il braille. Chut. Chut.

Assise entre ses deux petits frères sur la banquette arrière, elle leur flatte doucement le bout des doigts. La voiture démarre.

Au détour de la rue, les oiseaux.

Mélissa aurait aimé ça qu'elles s'envolent. Là, maintenant, que toutes les filles s'envolent en même temps.

La voiture passe devant elles. Meg est pas là.

Le regard de Mélissa croise celui de la cigogne. Ses yeux dans les siens.

Quelque chose dans ses yeux d'enfant comme un soupir. La cigogne regarde Mélissa y échapper. La cigogne regarde Mélissa s'envoler.

—

Les violons résonnent dans tous les sens, on réchauffe les instruments comme des petits corps vivants. Sur la scène on envoie la main aux visages familiers qui commencent à entrer.

Les lumières jaunes éclairent l'espace, éclairent Roxane, lui donnent de la force. Les deux places sont encore vides mais Roxane fait comme les autres et envoie sa main – salue ses parents qui ne sont pas encore là.

Le professeur habillé en chef d'orchestre se racle la gorge et présente ses troupes, fier.

« Les 5e et 6e années jouent pour vous ce soir. »

Ça commence.

Sont pas là.

Y vont arriver.

Peuvent pas manquer.

Pas les deux.

Beaucoup de neige.

Sortent pas souvent, marchent lentement.

Vont arriver.

Roxane se tient droite, le violon fixé sur l'épaule, le regard ancré dans la foule.

Anastasia est là – c'est correct c'est correct – Roxane tient l'archet dans sa main pétrifiée.

C'est l'*Hiver* de Vivaldi, les deux chaises restées si vides au milieu d'une rangée pleine, l'*Hiver* auquel Roxane s'accroche comme à une dernière bouée. Y sont pas là.

Y sont pas venus. Roxane accrochée à son violon plonge dans la tempête. Elle peut pas jouer. Elle sait pas par où, elle sait pas pour qui, autour d'elle chaque note raconte les flocons la sloche pis Noël qui arrive jamais, chaque coup d'archet pleure sur elle l'hiver de glace et de corps esseulés. Roxane serre son violon fort, trop fort.

— Tu joues pas, Roxane?

Son prof à son oreille. Roxane fixe la salle pleine de visages souhaitant d'autres violons que le sien.

— Non. Je joue plus, monsieur.

À la fin de l'*Hiver*, une corde s'est brisée.

Le concert s'essouffle puis s'épuise. Y sont pas venus et Roxane a pas joué.

La salle applaudit, y ont aimé ça, font pleuvoir les bravos sur les petits violons.

Deux chaises restées vides.

Roxane traverse la foule en émoi. Les musiciens se perdent dans les bras de leurs parents. Un garçon derrière une cravate trop grande récolte un œillet froid au bout d'un bras aimant. Au bout de la salle, un père se penche pour attacher les lacets de sa fille. Roxane le voit : il se cache pour pas pleurer. Parce que le concert était beau. Roxane a chaud, y fait flou, elle s'accroche à son archet – cherche les yeux noirs d'Anastasia – cherche quelqu'un.

Roxane ouvre la porte sur l'hiver et court dedans.

Le violon, comme un prolongement de son corps, à sa main reste vissé. Roxane ne veut pas se noyer.

Des flocons rouges tombent sur Montréal.

La ville saigne.

—

Devant le pawnshop, la place est vide. Reste un bout de carton comme une pierre tombale, des traces de corps imprimées dessus. Ici vécurent Kathy et Kelly.

Les gens qui passent remarquent un vide mais ne trouvent pas d'où il vient.

Demain, ils s'y seront habitués.

—

Roxane avance, droite dans le froid. La rue est vide. Comme si c'était une soirée normale. Une soirée de rien. Seules les putes en taches d'encre étirées vers le ciel rappellent un peu la vie. Roxane s'arrête en face d'elles. Femmes-allumettes dans leur bulle de verre. Longues et frêles, leurs silhouettes noires donnent des cils à l'hiver. Filles de joie, maigres proies. Roxane les regarde. Aurait envie de remuer doucement leur bulle de verre pour faire danser autour d'elles des milliers de flocons.

Lentement, elle porte son violon à son épaule. Elle joue dans la tempête. Elle joue pour elles et pour ne pas mourir. Les notes traversent de l'autre bord. Lentement, elles percent l'hiver. Puis plus rien ne bouge parce que la musique écorche les filles par en dedans. Parce qu'elle pénètre leur corps en entier par-dessus le froid pis par-dessus tous les pénis du mois. Le son cristallin des cordes caressées leur raconte une nouvelle histoire, pèse sur le RESET de leurs corps éteints.

Elles sont figées là, le regard mouillé.

Pour un instant, elles ne voudraient pas être ailleurs.

Roxane joue.

Sa main s'agrippe à l'archet et fait voler des notes, n'importe lesquelles. Longtemps, parce que si elle arrête elle va tomber.

Son violon seul, juste et criant, perce le vide puis remplit la nuit.

Je suis là. Étrangère mais vivante. Entendez-vous comme je suis vivante ?

Il faudrait qu'elle joue jusqu'à la mort pour pas couler. Que son violon s'accroche à la surface pour pas qu'elle s'efface. Il faudrait.

Au-dessus de la rue, à travers le givre d'une fenêtre noire, une femme pleure.

Louise a émergé quand dans son sommeil se sont glissées les notes. Elle a vu d'abord la Volga couler au mur et a pensé qu'elle était peut-être morte. Les notes persistantes ont fissuré la brique du Bloc jusqu'à elle et son regard a effleuré le cadran sur la table de chevet. 10:12 en rouge. Elle le savait qu'elle avait raté. Elle voulait juste vérifier. Alors elle s'est levée. A pris soin de replacer le drap bleu de sa fille. Elle s'est approchée des notes derrière la fenêtre. A soufflé chaud pour faire fondre le voile blanc de la glace. En bas, sur le trottoir, Roxane jouait de la musique.

Le son était doux, fragile et céleste. Mais c'est surtout elle. Roxane. Son enfant. Longue et fière. C'est surtout sa grandeur et sa grâce qui ont foudroyé Louise. À ce moment précis, Louise s'est dit que non. Elle n'avait finalement pas tout raté.

Maintenant, le visage posé sur la vitre réchauffée, Louise regarde son enfant jouer dans la neige. Le violon lui ressemble. Il n'est pas plus beau qu'elle.

Remerciements

Merci à Abla Farhoud, Guillaume Vigneault, André Turpin, Jacques Allard, Sandrine Lazure, Monique Simard, Dannick Pike.

Un entretien avec Roxane[1]

Roxane, Kevin et Mélissa, les trois protagonistes de *Je voudrais qu'on m'efface,* sont inspirés d'enfants dont l'auteure a fait la rencontre en travaillant auprès des jeunes dans Hochelaga-Maisonneuve. Roxane, dans la réalité, a pour nom Geneviève Ledoux, et Anaïs reste à ce jour très proche d'elle. Nous avons eu la chance de parler avec Geneviève de son enfance, de ses réactions par rapport au roman, et de ce qu'elle pense du personnage dépeint dans le livre. Nous la remercions ici d'avoir pris le temps de s'entretenir avec nous, et merci aussi à sa mère de s'être occupée du petit Nathan durant cette entrevue.

Éditeur : Parle-moi un peu de ta vie aujourd'hui. Je crois comprendre que tu es devenue jeune maman.

Geneviève Ledoux : Oui, j'ai eu un petit garçon. Il aura bientôt deux ans.

Comment s'appelle-t-il ?

Nathan.

1. Cette entrevue a été menée par Rhonda Mullins, traductrice pour l'édition anglophone *Neighbourhood Watch*, Coach House, 2020. Traduction de Jean-Marie Jot pour la présente édition.

Je suppose qu'être mère accapare ton temps. Parviens-tu à faire autre chose en ce moment ?

Je viens de terminer une formation en santé et hygiène pour travailler dans les hôpitaux, mais avec la COVID, disons simplement que je suis en attente.

Effectivement, le moment n'est malheureusement pas favorable.

Pas vraiment. Notre spécialité ce serait l'éradication des bactéries et la désinfection. Alors pour le moment...

Dis-m'en un peu plus sur ta relation avec Anaïs, aussi bien à l'époque qu'aujourd'hui. Comment vous êtes-vous rencontrées ?

Quand j'étais plus jeune, j'habitais Hochelaga-Maisonneuve, où vivent beaucoup de familles défavorisées, et où l'alcool, la drogue et la violence sont très présents. J'avais quatre ans quand le Dr Julien[2] m'a prise sous son aile. Plus tard, il m'a parlé de l'organisme Les Grands Amis, et j'ai pensé à ce moment-là que ça serait intéressant de faire une nouvelle rencontre et d'avoir quelqu'un à qui me confier. J'avais douze ans et Anaïs était dans la vingtaine. Entre nous, le lien

2. Le docteur Gilles Julien est le créateur de la Fondation Dr Julien, qui vient en aide aux enfants vivant dans des conditions difficiles. L'assistance offerte comprend des thérapies du corps et de l'esprit telles que l'art, la musicothérapie, le mentorat, et les soins médicaux. Pour s'impliquer : https://fondationdrjulien.org/simpliquer/benevolat/

s'est fait instantanément. Nous étions toutes les deux timides, alors ça a cliqué tout de suite. Elle est un modèle pour moi. Elle est une source d'inspiration, et elle m'a beaucoup aidée. Les arts et la musique aussi m'ont apporté énormément.

C'est grâce à elle que j'ai trouvé ma voie. Je ne sais pas ce que je serais devenue sinon. Même si je reste persuadée que je serais arrivée à quelque chose, parce que je possède une grande force intérieure. Je serais devenue quelqu'un malgré tout, car je n'abandonne jamais. Je suis fière d'elle, et de moi aussi. C'est ma sœur, ma vraie sœur.

Qu'as-tu pensé du roman à sa sortie? Et qu'en penses-tu maintenant?

C'est un roman incroyable. Il raconte mon histoire, mais ça ne me dérange pas. Anaïs a toujours été intéressée par ce qu'on traversait, et moi je suis fascinée par le travail qu'elle fait parce que c'est le reflet de la réalité. Elle sait expliquer à quoi ressemble la réalité.

Ça m'a aidée; chamboulée même, je ne m'y attendais pas. Je ne m'étais pas rendu compte que ma vie valait la peine d'être racontée. J'ai connu des hauts et des bas, mais j'ai toujours été capable de mettre un pied devant l'autre. Je n'ai jamais baissé les bras. Drogues et alcool étaient présents, c'est sûr, mais je n'ai jamais été trop là-dedans. Ça n'a pas été facile, mais je savais qu'il fallait que je continue d'avancer. Et je suis contente d'y être arrivée.

Anaïs a été un modèle, mais j'ai cette force intérieure. Il y a en moi un côté spirituel qui me pousse à rechercher ce que la vie a de bon.

Quand Anaïs parle de toi, on a plutôt l'impression que c'est toi qui es une source d'inspiration pour elle.

C'est un sentiment réciproque.

Qui a choisi le nom de Roxane pour le personnage ?

C'est elle. Elle a créé ce personnage en se basant sur mon histoire. Je me suis sentie vraiment très proche de Roxane. C'est quelqu'un de courageux, qui n'abandonne jamais, et Anaïs relate son parcours.

Donc, tout comme Roxane, tu jouais du violon ?

Oui, j'ai toujours eu l'oreille musicale. Anaïs a un piano chez elle, à la campagne, et parfois elle m'y emmenait. La musique m'a toujours intéressée. C'est un moyen d'évasion, et c'est relaxant. Je pianotais simplement, comme ça, au hasard. Elle était fascinée par mon intérêt pour la musique.

Qui t'a procuré le violon ?

Le Dr Julien m'a donné l'instrument, et mon oncle Gaston, un frère de mon père, m'a payé des leçons. Je suis allée dans un camp musical. J'étais assez douée. Je ne joue plus autant maintenant, mais j'adore la musique classique. Le son d'un violon vous saisit le cœur, il vous touche. C'est un peu mon deuxième bébé.

J'aimerais essayer de jouer d'autres instruments à un moment donné. Ce qui me plaît c'est la découverte. Je n'ai pas beaucoup voyagé, mais c'est quelque chose qui m'attire beaucoup. J'aime essayer la nourriture d'ailleurs, découvrir les langues d'autres pays. Quand j'étais plus jeune, la Russie m'intriguait. Je voulais apprendre le russe. Pendant un temps, j'ai vécu en famille d'accueil chez des Haïtiens et j'ai adoré leur culture. Je me suis rendue presque au point de comprendre le créole. Donc, explorer de nouvelles choses, voilà ce que j'aime.

La nature aussi m'a toujours fascinée. La famille de mon père est originaire de Gaspésie et ma mère est autochtone, alors je suis allée dans un camp en Abitibi. Et puis Anaïs m'emmenait à son chalet. J'adore être en pleine nature.

J'ai appris à me connaître, et je crois que c'est ça qui m'a permis de m'en sortir. J'étais convaincue de pouvoir décider de ma propre vie. C'est mon penchant spirituel. Je ne suis jamais vraiment tombée dans la drogue ou l'alcool; il y avait toujours cette petite voix au fond de moi qui me disait: «Non, ce n'est pas là ta place.»

Une petite voix très forte.

Oui, vraiment.

Le roman est sorti il y a dix ans; quel âge avais-tu alors?

J'avais une vingtaine d'années.

Quel effet a-t-il eu sur toi?

D'habitude, je ne lis pas de fiction. Alors, dans certains passages, ça m'a surprise. Ça m'a touchée aussi; ça me parlait. C'était émouvant, je ne m'attendais pas à ça. Et ce qu'écrit Anaïs dans l'avant-propos m'a donné la chair de poule:

> *J'ai écrit les premières lignes de ce récit il y a longtemps, alors que je venais de rentrer corps et âme en collision avec Hochelaga. Avec ses enfants, surtout, que j'avais le vif besoin de raconter.*
> *Les premiers textes nés de cette rencontre ont servi de genèse à mon long-métrage,* Le Ring.

Puis sont arrivées d'autres trames, d'autres enfances, et Je voudrais qu'on m'efface *a lentement pris forme, inspiré des petits battants du quartier.*
Parce qu'ils jettent une nouvelle lumière sur le monde. Simplement. Et que, depuis eux, cette lumière-là me colle au corps.

Ça m'a donné des frissons parce que ce qu'elle dit, et ce qu'elle montre aussi dans *Le Ring*, est le reflet exact de ce que nous vivions. À quel point nous étions défavorisés ; à quel point nous avions besoin de sortir de là. Nous étions forcés d'être des adultes. Nous n'avions pas d'enfance. Maintenant que j'ai mon propre fils, je le chéris. Je veux tout lui donner.

À l'école, le personnage de Roxane est stigmatisé, ce qui rend les choses encore plus difficiles pour elle. Quelle relation entretenais-tu avec le cadre scolaire ?

J'avais un peu de difficulté. Pas de vrais problèmes, mais j'avais du mal à me concentrer. C'était donc dur pour moi, mais c'était bien en même temps parce que ça me donnait un endroit où aller. Ça me sortait de la maison. Malgré certains obstacles, j'ai toujours voulu apprendre. Et il y avait toujours cette voix intérieure qui me poussait à continuer.

Y a-t-il autre chose que tu voudrais ajouter ?

Je veux juste féliciter Anaïs pour tout ce qu'elle a fait. Je suis heureuse qu'elle ait pensé à moi pour cet entretien. Je recommande à tout le monde de lire ce livre. Il pose un regard important sur la réalité. Il peut aider. On a besoin de familles et d'amour. Et quand je parle de mon passé, c'est comme si je me libérais encore plus.

TABLE DES MATIÈRES